星辰揃う刻に永き眠りから目覚めるグレート・オールド・ワン。
南太平洋に沈むルルイエから世界に号令するもの、
大いなるクトゥルフ。超古代の地球の支配者の一柱よ

（本文より）

Evil God
Extermination
24 hours

Cthulhu
Blood
Legend

邪神退治24時

Evil God Extermination 24 hours

クトゥルフ・ブラッド伝

Cthulhu Blood Legend

著　毒島伊豆守
Written by Izunokami Busujima

画　田島昭宇
Illustration by Sho-u Tajima

Contents

Evil God Extermination 24 hours
Cthulhu Blood Legend

第一章

邪神退治24時

Chapter

1

冷たく硬い廊下の壁面パネルに這わせていた指先から発生した軽い振動はぶるるると左腕を這い上がって、「室内に生命反応あり」と伝えてきた。

愛作は、人差し指と中指でトトンと壁をつついて壁の厚さを推測する。ぶち抜くのは可能だが大きな音をたててしまう。今耳を澄ましても聞こえるのは、十メートル後ろの廊下の端にある飲み物の自動販売機から聞こえるジジジという小さな音だけ。この静寂は維持したい。

(さあ、落ち着いていこうぜ、愛作)

と、自分に言い聞かせ、目の前に垂れてきた黒髪に右手を突っ込んでかき上げた。束感のあるミディアムヘアの下から十七歳にしては達観した光を放つ黒い瞳が覗いた。

一歩進むごとに、床タイルの硬さが伝わってくる。

ここはとあるオフィス街に建つ築浅の中層ビル。各フロアには、上場企業のサテライトオフィス、勢いのあるベンチャー企業や法律事務所、小綺麗なクリニックなどが入っており、最寄り駅から徒歩数分という好立地もあって、賃料が高いことは間違いない。

昼間のワークタイムと違って薄暮といった感じの明るさの中を慎重に進む。清掃業者のいい仕事ぶりのおかげでモノトーンの床タイルは光量を抑えた天井照明の光をうっすらと反射させている。

深夜近い時間ということもあって人の気配はしない。特殊な感覚をもつ左手が教えてくれなければ本当に無人のフロアだと信じたかもしれない。エアコンが切れているせいか、壁の冷たさに比べると廊下の空気は少し湿っぽい。

働き方改革とかいうものが残業サラリーマンの存在を相当減らしたと見え、愛作の潜入任務はやりやすくなったのだろう。

タウンユースなインディゴブルーのマウンテンパーカー、ペールホワイトのインナー、ブラックのワイドカーゴパンツ、お気に入りのスタンスミスという今夜のコーデはオフィスカジュアルに寛容なベンチャー企業の社員と言えなくもないが、やっていることは不審者である。

廊下の左側に並ぶ重厚なドアのうち、いちばん手前にある貿易会社のドアを目指す。この会社の中から生命反応があったからだ。あと十メートル足らず。

愛作は、左腕が壁の向こうに感じ取った存在に思いを巡らせた。

(この中にいるのが邪神そのものの可能性はないはずだ。まあ、ウオガエルやチョー＝チョー人みたいな邪神奉仕種族(ヤカラ)の相手は覚悟しとくか。できれば人間(カタギ)希望だけど奪還対象(あたり)とは限らないし、正気度残量の少ない邪教徒(はずれ)が待ち構えてるかもしれないな)

邪神だ、邪教徒だと頭がおかしいと思われる言葉だが、実際に存在するものだから仕方ない。

愛作は任務中であるにもかかわらず、頭の中で一人二役の寸劇を演じながら廊下を進む。


愛作さんのご職業は？　と聞かれたら「邪神復活の阻止を担当しています」とか答えるよな。

正直がいちばんだ。相手は「じゃしん？」と首をかしげるだろうがね、普通。

邪神とはですね。何億年か何十億年か前に、宇宙や異世界からわざわざ地球にやってきた存在だそうなんですよ。召喚されたり、封印されたり、何億年も居眠りしてたりと、いろんな種族や個体があるんで簡単には説明できないです。名前も呼びづらいの多くて。クトゥルフ、クトゥルー？　ハスター、イグなんてまだ言いやすい方ですよ。シュブ・ニグラス、ガタノゾーア、アトラク・ナチャ、クァチル・ウタウス、ニャルラトだかナイアルラトだかホテップ。こんなの覚えさせられてるんです。もう脳みその容量の無駄遣い（むだづか）いでしょ。まあ、そもそも人間なんて相手にしてないくらいの宇宙的（コズミック）ビッグな存在だっていうんですけど、『なんでもありの宇宙大怪獣』と言うとわかりやすいですかね。

　邪神奉仕種族も知りたいと。えっと、邪神を崇拝しておこぼれにパワーもらったり、ずっと眠りこけてる邪神（ボス）を儀式で起こそうとしたり、封印を解こうと働いてる子分って言ったらいいのかな。ああ、ミ＝ゴみたいに邪神と距離置いて独自路線行ってる宇宙生物もいますね。有名なのだと、半魚人みたいな『深き者（ディープワン）』、どこの国にもいるチョー＝チョー人っていうやつら、ヴァルーシアの蛇人間、悪魔みたいな姿のナイトゴーント、呼べば飛んでくるビヤーキーとか。トゥールスチャっていうのは緑の炎の形してるんだっけ。俺にこういう知識も任務に必要だって教えてくれる女教師がいるんですが、言うたびに説明が変わるんですよ。「神話は解釈次第だから」って誤魔化して逃げるのが得意な人です。

　で、最後が邪教徒です。これはだいたい人間です。だいたいって言ったのは、たまーに邪神の落とし子なんていうSレアみたいなやつもいるからで。人間半分辞めてるでしょ的な魔術師もいるなー。でも大半は邪神や邪神奉仕種族に仕える人間です。共通してるのは年季に比例して正気がすり減ってるってことです。こいつらがカルト作っては生贄だー、儀式だーってやらかすのを、俺がぶちのめすことが多いですね。

そんなクレイジーな世界は実在して、そこにとらわれた人々を助けるために愛作は深夜のオフィスビルに潜入しているわけである。

今夜の任務に邪教徒か邪神奉仕種族が出てきたらどうするか。

愛作は、壁に這わせたままの左腕の上腕部を右掌でぽんぽんと叩き、「そのときは頼りにしてるから」と、伝える。

左腕がドクンと大きく脈打ち、「任せておけ」といった反応が返ってきた。

マウンテンパーカーのフードをつまんで目深にかぶると、「彼、結構かっこいいかも」と、本人不在の場所で言われたことのある容貌が隠れる。再び少し腰を落とした姿勢で壁に左手の指を這わせたまま移動する。

重々しい金属製のドアの見える場所まで辿り着く。

「とーぜんあるよな」

監視カメラはドアに近づく者を全てレンズにおさめている。視界の一歩外で足を止めた愛作は左手を壁から離し、五指を揃えてレンズに向けた。

「必中で頼むよ」

中指の第一関節から先が勢いよく千切れ、弾丸のように監視カメラに向かって飛ぶ。

不思議なことに、愛作の中指の先端だったそれは飛翔中に黒い粘着質の塊に変じ、レンズを覆うように貼りついて高価な機材を役立たずにした。

ここの警備がスマホのゲームかYouTubeに夢中な不真面目クンだとありがたいが、監視カメラの異常にすぐ気づくような真面目クンだった場合は、おそらく二分以内にはここへ駆けつけるだろう。急ぐに越したことはない。

愛作はドア横の電子ロックのテンキーに左手をかざす。

千切れた中指が短い。

欠損箇所と同じ大きさの塊が左上腕から手首、手の甲と皮下をモコモコと蠢きながら移動し、中指の先として生えた。爪まで元の通り。

当の愛作は表情ひとつ変えず、テンキーの上に左の掌でスキャンするようにゆっくりとかざして動かす。

六回ほど繰り返すと、指先から発せられた振動が何かを愛作に伝えた。

「皮脂がついたキーは四つか。押した順番までわかる?」

左腕がぶるると振動する。

一本の指でキーを四回押した場合、後の方に押したキーに付着する皮脂は極めて微量ながら減る。四つのキーを皮脂残量が多い順番に押していけば、それが正解のパスワードと見ていい。

愛作は左腕の推測を受け容れた。どのみち自分には解析できない。

二十一世紀も四分の一を過ぎようかという時代の科学的なアプローチであっても、このような解析はおそらく不可能である。

だが、彼の左腕はそんな基準を凌駕した生まれ育ちゆえ気にしても仕方ない。

そして、愛作にとっては相棒を信じるのは当然のことであった。

四つのキーがわかっても、その組み合わせは幾通りも存在する。左腕の超常的な感覚で分析した皮脂の付着具合でいくつかの候補を割り出す。

二度目の操作でロック解除できたのは上出来と言っていい。

プッシュプル型のドアノブを右手でつかみ、できる限り音をたてないように開ける。

左手は何が起きても対処できるようにフリーにする。

最短の時間で室内に体を滑り込ませ、ドアの開きを最小限まで狭くすると、監視カメラを目隠しする役目が終わった黒い粘つく塊が、熟しきった果実のように廊下に落下した。

全身を蠕動させてドアの隙間から愛作を追ってきたそれはピョンと跳ねて、彼の左肘辺りにくっつくや、染み込むように腕と一体化していく。

「おつかれさま」

労(ねぎら)いの声とともに重厚なドアは閉められた。

表向きの企業活動が終わったオフィスは、窓がシェイドで閉じられて、照明が消された室内には事務机と椅子が整然と並んでいる。他には、コピー・プリンター・ＦＡＸの機能を備えた複合機、業者が取り換えるタイプのウォーターサーバー、壁際にはありきたりな観葉植物が置かれているくらいの平凡な事務環境であった。

消灯したと言っても、複数のＯＡ機器のランプ、壁の高い位置に取り付けられた非常灯のグリーンの光があるため、ある程度の視界は利く。

グリーンに照らされた壁掛け時計がもうすぐ日付が変わることを教えてくれた。

事務机の上にはペーパレス時代を象徴するかのように、ノートＰＣと大型モニター、そしていくつかの固定電話以外に物は置かれていない。

ここが邪神を崇拝するカルトの拠点と示すものは皆無であった。

「……何もなさすぎるのがかえってわざとらしいっていうか」

日常そのものの空間を隠れ蓑(かくれみの)にして、金目当ての犯罪より邪(よこしま)でおぞましい行為が行われていることは特段珍しくない。

愛作自身これまでに幾度も目の当たりにしてきた。

映画やマンガに登場するような廃工場や山奥の洞窟、既存の宗教が想像から生み出した悪魔の巨像が堂々と鎮座した施設などは、「ここを狩ってくれ」と露骨なアピールをしているに等しい。

そうではなく、道の駅や保育園、海外の富裕層が長期間借り切っているラグジュアリーホテルのスイート、メジャーインフルエンサーの動画制作スタジオなど、「まさかここでね」と、感心した集会場の例はこれまでにいくつもあった。

そこに集うのは特徴のない仮面で日常に溶け込んで生活している邪教徒たち。

そのような狡猾(こうかつ)な集団によって、邪神に供(きょう)せられる血と肉(犠牲者)と魂もまた尽きないのである。


愛作はオフィスビルに運び込まれた不運な生贄を保護・回収するために今、ここにいる。

この任務を指示した愛作が属する組織『イス研究所』の上司にあたる男との会話を思い出す。

――貿易会社で出荷準備された生肉を回収しろ。

意訳。生贄予定者を救出せよ。

――終電時間を過ぎても残業している社員は退社させろ。

意訳。邪教カルト信者と遭遇したら排除せよ。

――重度のパワーハラスメントが確認できた場合は懲戒解雇しろ。

意訳。邪神奉仕種族のクリーチャーはこの世から追放せよ。

勿体(もったい)つけた言い方ばかりする男の言いたいことを、理解するのに慣れている愛作は、

「了解。深夜勤務(ナイトシフト)だ、とーぜん報酬上乗せしてくれるよね」

と、条件付けをした。

――いっぱしの口をきくようになったな。成功前提で調子にのるのは新人の悪い癖だ。

と、言い置いて去った上司、エンマスカラドと名乗る男の表情は、常にかぶっているプロレスのマスクに隠されて読めなかった。

（エンマスカラドめ、生肉回収くらい成功するっての。ここに入り込むまで十分かかってない手際の良さを評価してほしいよ。あー、タイムトライアルのインセンティブもつけておけばよかった）

今宵（こよい）の任務の順調さを振り返った愛作は心の中で呟（つぶや）き、オフィスの向こうの壁に目をやると木目調の扉が目に飛び込んできた。


奥の空間に通じている。

左腕が伝えた生命反応はそこにある。

愛作は事務机の陰に隠れるようにして進む。

閉じられたシェイドの向こうから遠距離攻撃（スナイプ）されない保証はない。

このオフィスは地上四階にあるが、有翼の生物や重力から解き放たれた器用な術を使う敵もいる。窓の外の空中にも敵がいることは常に意識しないといけない。

もちろん人間の邪教徒も油断できる相手ではない。攻撃機能を搭載したドローンを操縦して窓外に浮遊させていることだって十分にありうるからだ。

やつら——邪神奉仕種族や邪教徒との戦いは途切れることのない緊張と疑惑との戦いでもある。

よって、この戦いに理由の別なく身を投じた者は皆こう言うのだ。


——正気が削られる。


「邪神退治24時」

愛作はまさに自分を主人公にしたテレビ番組のタイトルをイメージしてコールした。そして、

(常識の通じない理不尽だらけの、きわめてハードなドキュメンタリーだぜ)

と、心の中で毒づいた。

奥のドアの向こうにいる者は、事前情報どおりの邪神カルトに攫(さら)われた生贄か、それとも偽情報に踊らされた間抜けなハンターを待ち構えている用意周到な敵なのか。

(このドアを開けるだけで正気度が一ポイント減りそうだ。就活の役員最終面接の十倍くらいは緊張する)

愛作はそう思った。

ただ、就活経験はないので想像でだ。

今度のドアは電子ロックどころかターンキーすらかかっておらず、あっけなく開いた。

そこは真っ暗な広い部屋。何が起きてもいいように用心して左腕を突き出したまま様子を見るが何も起きず、しばらくすると目が慣れてきたので一歩踏み出す。

小型のマグライトを点灯すると、会議室であることがわかる。奥行き三メートル超ある天板の大テーブルと、それを囲むようにアームレストチェアが数脚あるだけで、何者かが姿を隠せるような遮蔽物がなく、敵が潜んでいる可能性は低いと判断した。

視認できない敵がいる可能性については左腕が何も知らせてこないことから排除する。

そして、光の輪の中、会議室の冷たい床に転がされているスリムな少女の姿が浮かび上がった。

「発見」

回収を命じられた対象に辿り着いたのである。愛作はここで初めて大きく息を吐いた。

任務の折り返し地点まで来た安堵。

登下校の途中に攫われたのか制服姿である。洗練されたデザインが人気でメディアに何度か取り上げられた女子高のそれだ。

細く白い手足にライトを向けると、結束バンドで固く拘束されていることがわかった。

緩やかに肩と胸が上下している。恐怖による失神か、薬物を使われているのか不明だが、見たところ外傷はなく気を失っているようだ。

口に貼られたテープを痛くないように丁寧に剝がすと、思わず感想がこぼれた。

「……最高級の生贄だってことは保証するね」

意訳。誰もが認める美少女。

色白の小顔を両側から包むように流れるセミロングの黒髪は光の加減か、うっすらとグリーンの光沢が入っているように見える。

邪神もカルト信者もいろんな意味でニコニコだ。

(畜生め、気分が悪い)

絶対この子を無事に連れ帰って、ムギャオーって言わせてやると誓った。

「このまま担いでいくか。自分の足で走ってもらうか」

愛作の左腕なら五十キロ程度の少女ひとり担ぐのは造作もない。

ただし、退路に敵が現れた時に左腕が使えないのはリスクがある。

少女を起こすことに決めた。

バックパックから取り出した折り畳み式ナイフで結束バンドを手際よく切断する。

仰向けにした少女の額に左手をあてた愛作が、

「よし、相棒。優しい囁きでこの子を起こしてやってくれ」

と言うや、掌が静かに、そして繊細に振動を始めた。

同時に、奇妙な音声が左腕から聞こえてくる。

テケリリ、テケリリ

左腕の力が発動する際にはこの音が発せられる。そして、今ひとりの少女を目覚めさせるため、併せて、彼女が攫われてから現在までの心の傷をふさぐために『手当』の力を試みている。

愛作の勝手な見立てだが、正気度が六ポイントくらい減ってるんじゃないかと思っている。

ならば癒そう。傷つき欠けた正気をできる限り戻してみよう。

彼の不思議な左腕にはそれができる。

一分もしないうちにゆっくりと瞼（まぶた）が開き、ほうっと呼気が漏れる。少女が回復したのだ。

目覚めまでの時間は心の傷の深さに比例する。

（よかった、軽微だ）

そばに立っている愛作を見て少女が体をこわばらせる。正気度は回復させたが、記憶を消したのとは違う。攫われた恐怖を思い出すような、暗がりの出会いに警戒を示しても当然だろう。

自らをライトで照らして、落ち着いてというジェスチャーの後、手を差し出すと、少女は手と愛作の顔を交互に見て、おそるおそる握り返した。

「えっと、先（ま）ず言うと、俺は君を攫ったやつらじゃない。『君を家に帰す』任務を受けてきた愛作っていう者だ」

　と、言って笑顔を見せる。

　少女は愛作にゆっくりと引き起こしてもらうと、一度ブルっと震えた。こわごわと制服に乱れがないかチェックする間、愛作はそれを手伝うようにマグライトで照らしてあげた。

　少女は若干緊張した目で、

「てけりり？」と、問いかけてきた。変わった第一声である。

「聞こえた？」と、返す愛作もまた変わっている。

　少女が小刻みに頷く。きっと、左腕が額に触れている間の〝声〟が聞こえたのだろう。耳慣れない擬音だから頭に残るのも無理はない。

「俺の相棒の挨拶だよ」

　と、少女には意味不明な回答をする。案の定、少し警戒心が高まったのが彼女の表情から見てとれた。

　こういった救出任務において、助けようとした相手が突然パニックに陥り絶叫する、また手当たり次第に攻撃してくるトラブルは起こりうるものだが、少女はぎこちないながらも、愛作を信じるという選択をしてくれたようだ。

　愛作は自身を悪い人相じゃないと思っているが、こんな場面で初対面になった男に警戒心を抱くなというのは無理がある。多少ぎこちないのは仕方ない。

勇気を出してできる限り冷静でいてくれる少女を「いい子だな」と、思った。

『てけりりヒーリング』。左腕の振動による心身の回復を愛作はそう命名しているが、少女の様子を見る限り、功を奏したようだ。

「正気度は戻ってるから安心していいよ。さあ、脱出開始だ」

正気度、のところで少女は怪訝な表情を浮かべたが、足元の結束バンドの残骸を見て、もう一度ブルっと震えて手首をさすった。

「……ありがとう、ですよね」

少女は顔を少し下に向けて言った。

きょとんとした愛作に、今度はしっかりと彼の目を見て少女は、

「助けに来てくれてありがとうございました」

と、一礼した。

愛作は過去の事例をできる限り思い返したが、こうも正面からストレートに感謝された覚えがなかった。


胸にポッとあたたかいものが灯る感覚。

「気がつく直前かな。てけりり？　って音がした時にそれが、私に語り掛けてきたような気がするんです。『愛作は少し陰キャだけど、決して君を傷つけない良いやつだから』って——あ、

私失礼なことを。ごめんなさいっ」

と、少女は再び頭を下げた。

（い、陰キャ。相棒さぁ、お前の俺評価はそうかよ。……否定できないがな）

苦笑いした愛作の右手が左腕をペシッと叩いた。ぷるると表皮が小さく波打つ。


「私、曽似屋碧といいます」


ソニヤミドリ。愛作の中で正しい漢字変換はできなかった。今は呼び方がわかればそれでいい。所詮彼女とはこの任務が終わるまでの関係である。

「ミドリさん、今からここを脱出するけど、その途中でどんなグロメンが出てきても直視しないように。今後魚料理とかジンギスカンが食べられなくなるのは嫌でしょ？」

碧は愛作の言葉の意味を全部は理解できなくとも、飲み込むことにしたらしく頷いた。

警察の方ですか、と問われて否定しようとしたとき、ぶるるっと左腕が警告した。

その時だ。

オフィスの照明が点灯し、会議室のドアが勢いよく開けられた。

照明が逆光となって、暗い会議室側からその姿の詳細は確認できなかったが、こうも忍ばずに入ってくる者は敵に決まっている。

ようやく監視カメラの異常に気づいたビルの警備(セキュリティ)か、それとも——。

素早い身のこなしでオフィスへの道を塞(ふさ)いだのは警備服を着た三人組。

「邪神奉仕種族(カタギ)以外には手荒なまねしたくないなあ」

こんな言い方をしたものの、自分を反社会勢力だと思ったことはない。反邪神勢力である。

とは言え、今ここで不法侵入者として捕まるわけにはいかない。

「ミドリさん、危ないから下がっててね」

碧はさっと会議室の奥に下がった。アームレストチェアに手をかけて引き寄せている。警備員が近づいたらぶつける気でいるらしい。

(案外気丈な子なんだな)

空気を切る音とともに振り下ろされた警棒を体を捌(さば)いてやり過ごす。

「警告とかないわけ？」

警棒は薄い闇の中で青白く瞬(またた)く。

「電撃警棒(スタンバトン)ですかっ」

答えはなく、同僚たちも同じ得物で突きと横薙(よこな)ぎで愛作を襲う。

警備業法で認めている警備員装備の範疇(はんちゅう)を超えている。

三人の警備員は見事な連係で縦横前後に電撃警棒を閃(ひらめ)かす。

オールドカンフー映画の主人公なら、予知しているような所作でかわし続けるだろうが、そんな芸当ができるのは愛作の知る限り、この任務を依頼した『組織』のエンマスカラドという男だけだ。

最初はなんとかかわしていた愛作だが、警備員たちの遠慮なしの打突ラッシュは彼を会議室の奥へ後退させていった。

その視界に碧がちらちらと入るようになった。このままだと巻き添えにしてしまう。警備員が容赦なく振り回す電撃警棒が彼女に当たったら一大事（コト）だ。愛作は警備員たちの残虐な攻撃が自分に集中するように敢（あ）えて隙を見せた。

「よっしゃ来い。邪神の触手に比べりゃ全然マシだよ！」

碧を背後にかばって、愛作は己の左半身を攻撃に晒（さら）し、腰を落として踏ん張る。チャンスとばかりに警備員たちの強打が容赦なく叩きこまれる。

命中

命中っ

命中うっ

三回バチバチッという音がして、愛作の膝から力が抜けて半身が崩れた。

碧が息をのむ。アームレストチェアをつかんでいた両手がギュッと握られる。自己防衛本能と警備員たちに対する怒りが碧の中で化学反応を起こし、思わぬ力を呼びさました。

碧が警備員に向かって放り投げた椅子はうずくまる愛作の頭上を飛ぶはずだった。

が、不幸にも「お前らの攻撃は効いてない！」と、叫びながら素早く立ち上がる愛作の背中に見事、
命中ゥウウウー
「ぐえっ、ダイスの出目が悪かったのか？」

意味不明なことをぶつぶつと言いながら、警備員たちの方に俯せに倒れる愛作。

この展開に、その場の誰もが二秒ほど固まる。

最も早く物語を再開させたのは愛作であった。

右手で椅子が直撃した背中をおさえながら、今度は背後をちらちらと確認して立ち上がる。

「ご、ごめんなさいっ」

碧にとって今夜三度目の一礼。この少女も危険な状況にいながら、タフメンタルを発揮している。

「邪神界隈ではよくあること。ハハ」

振り向かずに背中にまわした右手を振る。

「で、あんたらさあ、電撃警棒はやりすぎなんじゃないの？」

その声の向きは警備員たちに変わっている。

カラン、カラン、カラン

愛作の左腕から電撃警棒がこぼれ落ちる。

警備員たちは自分の得物が見事に敵の左腕に命中したことで勝利を確信したのだが、電撃を流した左腕が粘ついたトリモチのように警棒に絡みついて奪い取られたことは想定外だった。

ぶるるる

左腕も目に見える形で震えた。怒りの表現なのだろうか。

愛作は目深に制帽をかぶった警備員に共通する、ある特徴に気づいた。

愛作の左手の人差し指、中指、薬指がはじかれたゴム紐(ひも)のように伸びて、三メートル先の彼らの制帽を弾(はじ)き飛ばす。

次の瞬間に指は元に戻っている。

露(あら)わになった警備員たちの頭部は無毛に近く、忌(い)まわしい模様のタトゥーに覆われている。

そして、異様に眼窩(がんか)の奥に引っ込んだ小さな両眼には残虐な光が宿っている。口元からは小さな牙がちらりと覗く。これまで幾度となく遭遇してきた経験からわかるが、理性は人間の半分くらいしかない邪神奉仕種族。

「やっぱりチョーさんだったか。人間だったらここまでで許してあげるところだけど、邪神奉仕種族はこの程度でおしまいにするわけにはいかない」

アジアの奥地から世界中に散らばった邪神奉仕種族、チョー＝チョー人が警備員たちの正体だった。

その残虐性や練度の高い戦闘力もさることながら、最大の特徴は小柄な体軀であること。世の中の警備員にも多少の身長の差異があるとしても、三人とも小兵なことが愛作の疑念を生んだのである。

しかし、小兵だからといって舐めプは禁物。彼らチョー＝チョー人は戦いにタブーがなく、勝つためなら何でもやる。併せて、集団で機械的な連係を発揮して獲物を倒すことに秀でている危険な種族。それが『組織』の先輩――自称邪神学の美人権威に教えてもらった知識である。

――だから、人海戦術で来られると手ごわいわよう。

元気に明るく振る舞っているのに、くたびれ感がぬぐい切れない女性の声が脳内再生される。こうした知識を得ている中で愛作は不幸中の幸いと思い、「たった三人でよかったなぁあ」と、呟いた。

これ以上チョー＝チョー人の増援が来たら、椅子をぶん投げるくらいには気丈だが非力な女子高生をエスコートして脱出するのはしんどいからな、と愛作は思った。

今、ここで倒す。愛作は肚を固めた。

それは先方も同じだったようで、一人がコンバットナイフを腰だめに突っ込んできた。

「ヒャハハ」

二人目は、愛作の右側——左腕の死角を素早くすり抜け、碧めがけて跳躍する。

「あ、てめっ」

三人目はナイフで突っ込んでくる一人目の背後で自動拳銃を構えた。

「飛び道具!?」

たった三人だから安心と考えた愛作が悪い。三人なら三人でできる最良のフォーメーションをとるチョー＝チョー人の執念が上回った。

否。

愛作も自身にできる最良をやるまでだ。

マウンテンパーカーの右ポケットから素早く取り出したスマホを銃のようにノールックで背後に向けて、愛作をやり過ごして悦に入っている二人目のチョー＝チョー人を、
撃った。

スマホの液晶画面から、紫と白の混ざった電撃の触手が伸びて、暗い会議室を一瞬照らし、碧に飛びかかろうとした二人目の胸を貫く。

被弾した衝撃で二人目は会議室の大テーブルの広い盤面を顔で雑巾がけする羽目になり、短い手足をビクビク動かして唐突に生命活動を停止した。

その間に左腕はドックンと脈打つや、コンバットナイフごと一人目を強烈な打撃で会議室の入口まで吹っ飛ばす。

三人目の撃った初弾は彼の視界の中で大きくなってくる一人目の仲間の背中を貫通。体に穴の空いた一人目は愛作に殴り飛ばされた勢いそのままに、三人目に激突しておあいこになった。

「ほんっと、たった三人でよかったなぁ」

と、小さな安堵の声をあげた。舐めプできる相手ではなかったのだ。

碧が横に立つ。

「スマホから出たの、なんですかあれ」

「これ、林檎でも泥でもないスマホ。『イスマホ』。特注品で電撃が出ます」

「スタンガンみたいな？」

「射程百メートルらしいよ。俺はへただから至近距離しか当てられないけど、射撃の上手い、いや、射撃しか能の無い先輩がいてその人はほんとに百メートル先のミ＝ゴにも当ててた」

イスマホ？

射程百メートル？

ミ＝ゴ？

碧には何のことやらである。このひとの言うことは半分くらい理解できない。

隙ができた。

鼻と口が血まみれになった三人目のチョー＝チョー人が自動拳銃を構えて残りの全弾を碧に向けて撃った。


その時だ。碧の視界を黒に虹色の光沢をまとわりつかせた膜が遮る。

数発の弾丸がそれを突き抜けようと膜をまとわりつかせたまま数センチこちら側へ向かってきたが、膜を突破できず床に転がった。

膜は収縮し、愛作の左腕の姿に戻っていった。

腕が本来の姿なのだろうか、黒いジェルみたいなものが彼の腕に擬態してるのか。

「その腕、いったいなんですか……」

(自分が狙撃されたってのに、俺の腕の方に興味もつなんて、ミドリさんって見た感じより度胸ある感じなのかな。普通の子だったら座り込んでガクブルするところだよ、ここ)

碧の意外な豪胆さは愛作のスムーズな任務遂行にはありがたいが、変わった女の子という印象を抱いた。

それはそうと、やらなくてはいけないことがあった。チョー＝チョー人はまだ生きている。

「チョーさんにも意地があるってかい」

愛作は空になった拳銃を投げつけて最後の抵抗を試みた三人目に冷たい声をかける。

（こいつらは更生なんか絶対にしないわけで。

失神させる程度の甘さはいつかまた被害者を生むわけで。

自分がここに来なかったら、ミドリさんがむごい目に遭っていたかもしれないわけで。

今後こいつらにこんなことをさせないためには、確実に仕留めておく必要があるわけで）

「ミドリさん、耳塞いで」

愛作の指示に素直に従った碧。しかし、どんなに強く両手で塞いでも、陶器が砕けるような音は三回、彼女の耳朶を打つのだった。

「いつ、増援がくるかわからない。早く脱出する。そして君を保護する。今バックアップメンバーを呼ぶから」

イスマホを耳に当てて愛作は言った。すぐに眉間にしわが寄った。

愛作が片手の指で眉間をおさえながら、碧にイスマホの液晶画面を見せる。ど真ん中に表示された特大サイズの『圏外！』に、緊張感に包まれていた碧も、

「堂々としすぎです」

と、ツッコミを入れた。

「絶対どこでも通じる、が売りのイスマホなんだけど、ぜんっぜんあてにならないな」

そのときである。

左腕の表皮が小刻みに震え始めた。それが何を意味するか愛作は経験で知っていた。

腕が戦いに逸っている。この予兆は外れたことがない。

唐突にオフィスと会議室の照明が明滅し始めた。視力が奪われないようとっさに床に目を落とす。

オフィスの机上にあった数台の固定電話が一斉にコール音を発し、大型PCモニターに意味不明の模様が映し出される。

二人のすぐ横に設置されていた複合機からは次々と紙が吐き出され始めた。

碧がギュッと愛作の背中にしがみつく。

(ここは格好いいところを見せたいではなく、彼女の恐怖を和らげるべきだ)

「安っぽい心霊現象ですかー？　演出担当は誰ですかー？」

と、呼びかけるも鳴りやまぬコール音にかき消される。

「こんなもん電源抜いたら終わりじゃんね」

複合機を蹴っ飛ばすと、今度はＦＡＸの音が、
ガガーーーーーピィィィィィ
と、響き始めた。

二人はたまらず耳を塞ぐ。

「ＦＡＸの逆襲！　ってか今もこれ使うひといるのかよ」

複合機から排出されるコピー用紙がオフィスの宙を舞う。

その両面には、遥(はる)か昔に滅んだとおぼしき象形文字が、ご丁寧に鮮血めいた赤でプリントされている。

固定電話がスピーカーフォン状態になった。リズミカルだが遠い異国のものとおぼしき言語で何らかの呪文詠唱が響き渡る。

ＰＣモニターがオンライン会議モードに変わり、こちらに応じるよう電子音で促している。

「深夜の会議ってどれだけブラック企業！」

「で、でるんですか？」

と、碧が画面を指す。

「嫌な予感しかしない」

それよりもこの頭がおかしくなりそうなオフィスから一刻も早く離脱する方が賢明じゃないか、と愛作は判断した。

「出よう。いや、オンライン会議にじゃなくて、ここを出よう」

廊下にチョー＝チョー人の増援がいたとしても、物理(パワー)で押し通せるならその方がいい。

「開かない!?」

ドアハンドルが全く動かない。金属のドアは周囲の壁に溶接されたかのようになって愛作たちの脱出を許そうとしない。

だったら相棒の出番だ。金属のドアといえど左腕の打撃にかかったら一分かからずスクラップにできるはずだ。

「ミドリさん、少し下がっててくれるかな」

おそらく碧は愛作の左腕暴力開放モードを見たらドン引くだろう。少し残念な気がするが、もともと今夜だけの縁である。どう思われようが任務をこなすのみ。愛作は腹に力を込めた。

碧の短い悲鳴が集中を断ち切る。

振り返った愛作の目に映ったのは、大型モニターの中からこちらを見ている者の姿だった。

オンライン会議の上司が、呼びかけに応じない部下にしびれを切らして登場したらしい。


「久しぶりだな。会いたかったぞ」

昏(くら)い微笑(ほほえ)み、声優のように滑舌よく通る声。

震えがはしる。左腕の振動ではない。愛作の体が震えている。

突如押し寄せた過去が愛作の体から体温を奪っていく。

「もっと近くに来いよ。暗くてよく顔が見えない。近くで見ても暗い顔だってのはわかってる。遠慮しないで来い」

醜悪で狂暴な邪神奉仕種族や深夜の怪現象に物怖じしない愛作が、モニターの中の青年だけに見せる表情は紛れもない恐怖である。

人は自分が未熟で無力だった頃を知る者を無意識に忌避する。ましてや自分の人生すべてを変えてしまうような目に遭わせた相手ならなおさらであろう。

愛作にとっては、モニターの中の青年がそれだった。

「酔っぱらっているのか？　足がふらついているぞ。ああ、その顔、その顔。劣等感と諦めが絶妙にブレンドされている。お前はやはり最高だ」

長年の友人を歓迎するような喜びの声音と、その言葉の内容のギャップ。

わけのわからない碧はモニターの青年と愛作を交互に見ているしかない。

「どこかで生きているとは思っていた。だがまさか最近売り出し中のハンター様がお前だったと知った時の——なんというのかな、笑いと憐憫が綯交ぜになった感情をどう説明したらいいか。いまだにできそうにない」

愛作は大型モニターの前に立った。オンライン経由であるが、モニターの青年と愛作を隔てるものはない。

青年は癖なのか好みなのか斜め45度の体勢で胸から上が映っている。

緩やかなウェーブパーマのかかったダークブラウンのマッシュヘア。カラーコンタクトをしているのであろうグレイの瞳。鼻筋はやや不自然なくらい綺麗な稜線を描き、どのパーティに出ても女性が放っておかない存在感がモニター越しでも感じられる。

仕立てのいい一目でオーダーメイドとわかる明るいグレイのスーツを隙なく着こなしている。胸ポケットから少しだけ覗く青いチーフも嫌味にならないアクセントにおさまっていて、誰もが青年を生まれながらの上流と見なすことだろう。

乾いた唇を舌で湿した愛作は、ゆっくりと視線を上げる。

「生きてたさ。生き地獄を経験した後に、どうなるものかと思った。もうゆっくりと干からびて死んでいくのだと思ってたが、俺に生き地獄をもう一度経験させようとするおっちゃんがいたんでね。こうして、こうして、今ようやく……」

碧は愛作のことを何も知らないが、モニターの青年と彼の間に壮絶な過去があったことは肌で感じ取れた。

そして、恐怖のせいかかすれていた彼の声が少しずつ、恐怖を乗り越えて熱さを増していってることも。

「ようやく会えたな。魔術師クレイ、いや、呉井榊。俺の家族を、俺の左腕を奪ったお前によようやく会えたっ！」

愛作の感情が暴走するのに合わせて左腕が独立した生き物かのように激しく脈打つ。

碧の目にもわかるほどに。それは今の愛作の怒りがそうさせているのだとも。

モニターの青年、クレイは愛作の怒りを受けとめず流した。二人の感情はすれ違っている。

そして、耐え切れないとばかりに笑い出す。

「ああ、失礼したな。故郷のしきたりを裏切った半端者の一家がいたのを思い出してしまってね。あの一家、名字はなんて…忘れたな。でもこれは覚えているぞ。支配者の私たちの哀れみにすがってしか生きられない、劣等の運命を受け入れることで存在を許されているみじめな家族であったことをな」

愛作の左腕が、

テケリリ！


と、発してモニターを殴りつけようとしたが、

「そして、あの日運命から逃げ出した自分を偽り続けているのだろう？　低級な邪神奉仕種族を倒して幾人かの人間を救うことで、『あの日の出来事』から目を背けているんじゃないか」

の言葉がそれをぎりぎりのところで止めさせた。

腕は、液晶画面の数センチ手前でパンチのモーションを残したまま、ぷるぷると震えている。この震えは左腕とのコミュニケーションのそれではなく、愛作の怒りと、それを抑えざるを得ない葛藤によるものだ。

モニターを壊しても何の意味もないぞとばかりに悠然と続くクレイの話は、愛作にとって完

全に否定しきれないことだった。その証拠に彼の心の奥底に押し込めていた絶望が急速に膨れあがり始めている。

愛作は震える左腕をゆっくりと下ろす。大きなため息をついて、

「オンライン越しじゃなくていつかリアルに殴ってやるぜ」

と、感情を殺した声音で促す。

「そのためには私に会いに来なくてはいけない。モニターに八つ当たりしてないで私の居場所をなんとか探り出してみせろよ」

クレイは、止めるものと思っていたさ、との自分の読みが的中したことを満足げな微笑みであらわす。愛作の左腕がどんなに人知を超えた力を持っていようが、彼の心の中にくすぶり続ける過去を清算するための情報を得るにはこのオンライン越しの会話は千載一遇の機会のはずである。

愛作の求める清算、それは自分(クレイ)を殺すこと。

強大な邪神をも召喚できる魔術師を駆け出しの邪神ハンター風情が倒すことなど笑い話にもならないが、愛作の表情は真剣だ。それを見て、クレイの口角(こうかく)は嗜虐(しぎゃく)的に吊(つ)り上がる。

あの日と同じようにこの若造が自分に膝を屈するぶざまな姿が見たくなった。

「思い出すね。お互いが生まれ育ったあの『海辺の町』で私とお前は身分を越えた友人だったではないか」

昔日を懐かしむかのように、目線を上げたクレイは、「そう思うだろう？」と、補足する。

同時に唇を歪めて、否定を認めさせない傲岸さを露わにした。

（邪教に攫われた生贄を奪還しに来ただけってのに、とんでもない事態になったぜ。まさか、邪神に仕える大物魔術師クレイ、いや呉井榊が直々にお出ましになるってことは、邪神どもにとって俺は無視していい存在じゃなくなったってことね。うん、メジャーになったじゃん俺。いや、それはどうでもいい。お前にこの左腕をぶちかますために今日まで正気をすり減らして生きてきたんだ。あの『海辺の町』で大切なもの全てを奪われたあの日からな！）


愛作の意識の中で人生のチャプターが瞬時に戻っていく。

『海辺の町』で運命を受け入れていた昔日に。

第二章 海辺の町

Chapter 2

いつも下を向いてばかりいる子どもだった。

愛作が『海辺の町』で思い出すことは、アスファルトの道路、木の根が隆起して足をとられやすい雑木林の黒土、砂浜、ところどころひびの入った漁港の桟橋をとぼとぼと歩く自分の足。背が伸びて、自分の目線が地面から少しずつ高くなっていったとしても、愛作は自分がこの先もずっと下を向いて生きていくのだと思っていた。

自分が生まれ育った『海辺の町』では二つの身分がある。『支配層』と『支配される者』。これが明確に分かれており、血統によって生まれた時から運命が決まっている。

愛作は『支配される者』の家の子である。『支配層』に従い、彼らの機嫌を損ねないことが生きるための掟だと知っている。

個人の努力や才能でそれを逆転することは不可能であった。ごくまれに、この身分制度を覆そうとした者たちの末路は子守歌代わりに聞かされる。『海辺の町』の掟に逆らおうとすることは『支配層』が許さない。そして『支配層』が崇める、より邪悪で強大な存在、『神さま』が容赦なく罰を与えるそうだ。死ぬよりもつらい罰を。

潮風が、波音が、いつも愛作の家族を取り巻いていたが、それは故郷の慕情を思い出させるものではなく、彼らを町に縛りつける見えない枷だった。

「おう、小僧。水揚げした魚を卸すから明日の朝六時にトラックまわせって、お前のおやじに伝えておけ」

　道の反対側から中年の男が声をかけてきた。あまりまばたきをしない潤んだ眼がピンポン玉のようにせり出て、極端に唇の薄い、裂け目と表現するのがぴったりな口。何度見ても『支配層』の姿はびくっとさせられる。しかし、その人間離れした風体こそがこの町の階級章なのだ。できるかぎり平静を装って受け止めつつ、

「わかりました。父に伝えます」

　と、こわばった愛想笑いで返す。

「いつもしけた面ぁしてる小僧だぜ。おやじによく似てるぜ。ケケッ」

　中年男は蔑んだ表情で一瞥(いちべつ)すると、無理に二足歩行を強制された蛙(カエル)のようにバランスの悪いよろよろした歩き方で去っていった。愛作が目線を上げるのは、『支配層』の無礼かつ居丈高(いたけだか)な態度を下から受け止める時がほとんどであった。うつむいたままボソボソと返事をしたら、降ってくる罵声がさらに増える。ひどいときは物を投げつけられることもあるのだ。

「頭にくるな。父さんの悪口を言いやがって」

　と、呟(つぶや)いた。

　愛作は中年男の不快な態度より、自分の父を貶(おとし)める発言に対して怒る少年だった。愛作の父親も、今は亡くなった祖父も『海辺の町』の生まれ育ちだから、先ほどの中年男の態度にも慣れっこだろう。その空気の中で何十年も生きてきたのだから。だが、愛作は小学生だ。どうし

てなの、なんでさ、納得できないよ、と思うことはある。その押し込められない気持ちに負けて、隠れて泣くこともあった。町の住人の目はもちろん、家族、特に妹の葉月（はづき）には絶対に知られたくなかった。四歳年下の葉月の前でだけは頼れるお兄ちゃんでありたかった。いつかはこの理不尽を軽く受け流せるくらい強くなるんだ、と愛作は思っている。


　再び下を見ながら歩き出すと、見慣れた自分の靴にバシャッと水がかかった。

「あら、ごめんなさ…なんだ、あんたか。道を歩く時はしっかり周り見て歩きな！」

　夕方から開店する飲み屋の女が床掃除したモップとバケツを持って見下ろしていた。

「は、はい。ごめんなさい。気をつけます」

　正当な抗議はするだけ無駄だ。『海辺の町』において、最も低い立場の自分にできることは間髪を容（い）れずに非を認めることだけ。その非が正当であろうがなかろうがだ。

　濡（ぬ）れた靴と靴下はいずれ乾かせばいい。町の住人の機嫌を損ねて、何日も悪口を言われるよりマシだとわかっている。

「さっさと行きな。すっとろいんだから！」

　愛作は再び地面を見ながら小走りでそこを後にした。靴の中がぐじゅりとなって不快だが、それよりも女の前から立ち去りたかった。

　自分に対する理不尽――そんな言葉は愛作の辞書からとうに消えていたが――な態度より、

女の顔を下から見上げているのが怖かった。

雑に染めた金髪に包まれた容貌――ギョロッとせり出し気味の目、顔の中にめり込みつつある鼻、横一文字の裂け目と表現してもいい薄い唇。その全てが自分とは根本から違う。人間から人間ではないものに変わりつつあるそれを近い距離で見続けるほどの度胸はない。

先に、愛作に父への伝言を命令した中年男の容貌も似たり寄ったりだ。しかもあの男は歩き方までよろよろして変だ。

『海辺の町』で大きな態度をとる大人は多少の差はあるがほとんどが、そうだ。

魚のような、蛙のような。気持ちが悪い顔。

愛作は密かに『ウオガエル』と命名して、やつらのいないところで「ウオガエルなんかいなくなれ」と言って、画用紙に描いた似顔絵に向けて石を投げていたことがある。

その行いが母に見つかった。

愛作の母はウオガエルどもと違って細面の美人だったが、町の住人たちからは雑用に酷使され、拭いきれない疲れが顔にこびりついていた。

愛作は幼いながら、大人になってもこの町の住人からどう扱われ続けるのかを母を見て悟っていた。

その母が蒼ざめた怖い顔をして愛作の頬を叩いた。

愛作は町の住人から軽視されたり、嘲笑されることはあっても直接の暴力を振るわれたことはなかった。父も母も自分と葉月には優しかった。

それゆえに、母の平手は衝撃だった。

住人の前でそれを見せたら余計に嘲られると理解していたため、頑なに見せなかった涙が止めどなく流れた。

「僕はいけないことをしたの？」

愛作は小さな両手を握りしめた。

「母さんや父さんがウオガエルにこき使われて悔しかったんだ」

そう泣き叫ぶと、母が力強く、細い体にこんな強い力があったのかと思うほどに愛作を抱きしめた。

ごめんね、ごめんねと繰り返し聞こえた。

愛作は短い腕を母の華奢な背中にまわした。海風が冷たい日でも母さんの背中は変わらずあたたかい。

葉月が生まれて、母を独占するようになってから久しくこういう機会がなかったことを思い返す。

「この町ではそういうことをしたらいけないの。あの人たちに逆らってはいけないの」

自分だけではなく母も泣いていた。

「母さんは愛作と葉月が大切だから、少しでも長く生きてほしいから。絶対にこんなことをしないと約束して」

「母さん、うちはずっとこのままなの？」

聞きたかったこと。

口にすることをためらっていたたった一つの問いかけ。

母は自分が叩いた愛作の頬に自分の頬をぴたっとつけた。母と子の涙が混ざる。

「こんなことは母さんと父さんの代で終わらせたい……」

今の母の精一杯の答えだと理解した愛作は黙ってあたたかさに身を委ねる。

それ以来、愛作は『ウオガエル』という言葉を心の奥深くに沈めた。

そして、町の居丈高な住人に対しては愛想笑いと従順さを使い分けて無難に接するよう努めた。


『海辺の町』は漁業で栄えており、また、若者が東京や大阪といった大都市に出ていくことがほとんどないため、過疎化や高齢化という他の地方の市町村が抱える深刻な課題とは縁がない珍しい土地である。

今朝もまた、暗いうちから漁に出ていた船が幾艘(いくそう)も連なって戻ってくる。漁港に水揚げされた新鮮な魚介類は男たちの手によって、大型トラックに載せられる。

運転席で愛作の父がハンドルを握り、助手席には帽子を目深にかぶった異相の男が日替わり交替で座る。

助手席の男――愛作の父よりひとまわりは若い――が顎をしゃくって、発車しろと指示するや、トラックはいつものように市場に向かう。

愛作の母は、他の女性とともに漁から戻った男衆の朝食を提供するために船着き場に面した建物で忙しく手足を動かしている。

その日、愛作はいつもよりかなり早く目が覚めてしまい、働きに出る両親について港まで来ていた。

母と一緒に働いている女性の半数以上は普通のひとである。『支配層』に属する異相の女たちはあまり手足を動かさずに、同じく異相の漁師らと雑談するか、母たちに指示を出しているだけだ。

この後は、漁師が食い散らかした朝食を片付けて、一度それぞれの自宅に戻り、再び缶詰工場に出勤するか、言いつけられた雑用をこなすことになる。

それが『海辺の町』の日常。

閉鎖された町ではこの光景が変わることはない。

小学生の自分は母が作ってくれる朝食を食べて、葉月と一緒に小学校に通う。

五年生の愛作と一年生の葉月。手をつないで登校するのが常だったが、同級生に、

「妹べったりの愛作ちゃんだ」

と、囃し立てられてからは、都度理由をつけて葉月が伸ばしてくる手を避けるようになった。

葉月が利発そうな顔を少し曇らせるのが内心つらかった。

この町で唯一の小学校兼中学校は男女比が七対三と偏っており、葉月の学年は特にそれが顕著だった。

だから一緒に遊ぶ女友達が病気で休んだり、用事があると言って遊ぶのを断られると、

「お兄ちゃん、あそぼ」

と、言ってくる。家の中でおままごとに付き合わされたり、外でボール遊びに興じたりすることはあったが、決して海や砂浜では遊ばなかった。

『海辺の町』で育ち、漁業関連で生活している家の子でありながら、愛作は海が苦手だった。

暗色の海は深く、砂浜のあるあたりはさほどでもないが、波が寄せて引く力が強いため、少しでも気を抜いたら一気に沖合まで攫われてしまいそうな気がしてならなかったからだ。

それに、足の届かない冷たい深みに何かが潜んでいるのではという根拠のない恐怖がついてまわった。息継ぎの必要ないその何かはいつも水底を回遊していて、無防備な海への参入者を面白半分に引きずり込む妄想が頭から離れないのだ。

こんなことを言ったら友達に馬鹿にされ、仲間はずれにされるかもしれない。

しかし、友達はそれなりにいて、同級生や少し年長の男子たちのグループに入って遊んでいた。

海遊びは何かと理由をつけて辞退していたが、少し山の方に入った川で泳いだりするのは抵抗がなかった。他にも大人たちも知らないであろう獣道を辿って山を探検したり、校庭で野球やサッカーをして楽しんだ。放課後の教室でのカードバトルも盛り上がった。

『海辺の町』では『支配層』と使われる層がはっきりと存在していたが、子どもの世界ではその境界線が曖昧で、トラブルはほとんどなかった。

親が『支配層』の子どももいるが、大人の世界の序列が持ち込まれることはなかった。利用する、利用されるという関係が子ども同士では生じにくいからだろう。

不思議と陰湿ないじめもなかった……はずだ。

『支配層』の子どもたちが大人になった時に今の比較的平和な関係を維持してくれるかはわからない。

ただ、将来のそれに備えて、媚びを売ることを覚えた子どもがちらほらと出始めていたのは事実だ。

愛作はそういう友達を見て少し嫌悪を感じたが、自分も次第にそちらへ寄っていることは否定できなかった。

中学一年生の時、大きな変化が生じた。

『支配層』の子どもたちは率先して水辺で遊ぶことを主張しだした。海でなければと愛作も抵抗なくついていく。

浮き輪やゴムボートで川の流れに任せたまま揺られたり、高い場所にある岩場から深みへ飛び込み、根性を披露する遊びは愛作も好きだった。

潜りっこしようぜ、と言ったのは誰だったか。皆、できるだけ息を溜めて深みに身を沈める。

頭の上の水面で日差しが水泡とクロスしてきらめく。ラムネが飲みたいなあと思っているうちに我慢の限界がきた愛作は、ぷはぁっと大げさに浮上した。

自分より先に一人がギブアップしていた。残りの三人はまだ根競べ中だ。

「長いな……」

愛作が浮かんでからすでに二分は経過している。

「足がつったんじゃないよね」

もし、そうだとしたら大変だ。

しかし、もう一人が川の流れの急なところを指さして、

「あの深いところにいる……」

と、言った。声音にかすかな怯えが混じっている。

愛作がそっちに目をやると、彼らの穿いていたカラフルな海パンが深い水の底に視認できた。

太陽の光がほぼ届かない深みで三人はじゃれるように揺蕩っていた。

急流に翻弄されているわけでもなく、息が苦しい様子もなく水底に居続けている。

愛作とその友人はもう一度息を吸うと潜った。

手足を使って普段はあまり近づかない深みへ降りていく。

愛作たちに気づくと、三人は「ほらここは楽しいぜ」と言わんばかりに、水底を遊泳してくるくると回るのだった。

水中で言葉が発せられず、上を指さして「戻ろうよ」とジェスチャーするも、三人は従うことなく、蛙のように手足を拡げて、ある者は魚のように全身をうねらせて、冷たい水と戯れ続ける。

ほんの一分程度で愛作の肺の酸素が枯渇してきた。

もう一人の友人も同じようで、同時に手足を動かしてその場を離れて浮上を開始した。

その際にチラッと目に映った三人は互いの肩をつつきあって笑っていた。大きく開けた口から気泡は出ていなかった。

急に水の冷たさと違う寒気に襲われた愛作は、懸命に安全圏を目指した。もう一度振り返ったら三人はまだ大笑いしているのだろうか。

(なんだよ……あれじゃあ、あれじゃあ、まるであいつらの親みたいじゃないか)

そう思った時である、水面まであと少しのところ。

グイッと足首がつかまれた。ヌメヌメした感触のものが力強く下へ引っ張る。

水底から猛スピードで上ってきた笑顔があった。

溺れる恐怖から逃れるべく、愛作の全筋肉が生存本能の命ずるままに上を目指す。

水中の笑顔の不気味に抗うため視線を逸らすと、もう一人の浮上組の友人が同じ目に遭っていた。

水底組の最後の一人は面白そうにその周りを回遊する。

（く、苦しい。息が）

もがく口から大きな気泡がガホッと漏れて浮上していく。あと数十センチなのに。

足首の不快な枷が外れた。

愛作は両手の力で水を押しのけて空気を求めて上に向かう。

（助かっ…）

再び足首がつかまれた。水底組は小動物を無邪気に苛む猛獣が如く、愛作が溺れるさまを見て、邪な愉悦に浸っている。

赤黒くなり始めた視界の片隅で、浮上組の友人が足で足首をつかんでいた水底組の鼻を踏み抜いて逃げ延びたのが見えた。

愛作にそれを真似るだけの力は残っていなかったものの、鼻をおさえる仲間のもとへ水底組が皆寄っていったおかげで浮き上がることができた。

何も知らない陽光が降り注ぐ水面で愛作は涙を流して咳き込みながら、酸素を貪る。

手足を弱々しく動かしてなんとか岸辺に這い上がると、浮上組の友人がタオルとTシャツを手にして逃げ去ろうとしている。

「ま…」

待って、の声が出ない。頭の中を流れる血の音がガンガン響き、水音すら消えた。

掌(てのひら)と膝をついて息を整えていた愛作がようやく顔を上げると、川岸を大股で駆けていこうとした浮上組の友人が、足を止めてこちらに厳しい視線を投げていた。

違う。

その視線は愛作の背後、川岸に音もなく上がった水底組の三人に鋭く突き刺さっていた。その一方で、水底組の三人は「一体どうしたんだよ」という表情で対峙(たいじ)していた。

愛作だけは、その視線に込められた意味をわかっていた。屈辱と怒り、そして恐怖である。

自分がもう少し自尊心の高い性格だったなら、きっと浮上組の友人と同じ視線を水底組に向けていただろうから。あっさりと溺死しかけた事実が愛作の自尊心を激しく萎縮させ、その顔を下に向けさせた。

川のどこかで魚の跳ねる音がした。次の瞬間、

「化け物!」

と、様々な感情が入り混じった大きな罵倒の声が辺りの空気を震わせる。

化け物、その叫びを真っ向から叩きつけられた水底組の三人はそれをどう受け止めたのだろうか。恐ろしさに愛作は水底組を見ることはできなかった。

その場を駆け去る足音が遠のき、川の流れだけが残った。

数分前までとは変わってしまった世界。川の音も最早トラウマになりそうだ。

ここにいる自分以外の水底組の三人の存在もまた。

「化け物、ね」

「あいつ泣いてた。ウケる」

「鼻を蹴られて鼻血出た。マジ許さねえ」

（なんでそんなに棒読みなんだ。怒るなら怒るでもっと感情こめてくれよ）

愛作は先ほどまで友人だったものに言いたかった。

冷たい恐怖が心を縮こまらせる。降り注ぐ夏の陽光は何の役にも立たない。

「愛作さ、あいつひどいやつだと思わね？」

自分に向けられた声もまた、抑揚が乏しい。

「げほげほ。う、うん。ケガさせるのは……げはっ。よくないね」

溺れさせようとしたのはそっちだろという思いには蓋をする。

「あいつと違って、お前はいいやつだ」

「そう、愛作はいいやつ。友達さ」

「友達、友達」

親近感のない声が降ってくる。

「そうだね。ありがとう」

（何が『ありがとう』なのだろう。敵と見なさないでくれることへのお礼か？）

自分の中で卑屈な気持ちが膨らむ。違う、これは防衛本能。ショセイジュツってやつだ。

遊び半分で命を奪われそうになる体験をしたら、正論なんて言えるわけがない。

愛作はなんとか立ち上がると、石にかけておいたタオルで大げさに頭を拭いた。こわばった顔を見られたくなかったので後ろを向いた。

三人の視線を遮るように背中を拭く。

自然をよそおってゆっくり振り返る。

正面から受ける視線はいやなものだった。そう、彼らの親と同じ視線。

彼らが誰の血を継いだ子どもなのかということを意識せざるを得なかった。首筋にうっすらと浮かんでいたのは、できたての鰓（えら）だろうか。肺で呼吸をする幼年期は終わったのだ。

三人はそれを誇らしく思っているのか隠そうとはしなかった。

まだ眼球はせり出していない。だが、じきに……。

愛作は自分の身を守るために愛想笑いを向けた。

それは彼の心の中で柱が折れたことを意味していた。

遊び友達だから意識しないでいた。大人の上下関係と違って子ども同士には身分も区分もないものだと勝手に信じ込んでいた。

それは愛作のそうであってほしいという勝手な願望だったようだ。

鰓のない自分は彼らから見て、将来の使用人だとはっきりと認識された。

ついに俺も大人の仲間入りか、と思った。それは『海辺の町』では絶対の規律に否応(いやおう)なく組み込まれた瞬間と同義である。

三人の友達はそんな愛作の悲しい通過儀礼になど思いを寄せず、

――そうだ、お前は我々とちがう。

と、新たな感情を覗(のぞ)かせていた。

翌日、河口付近に少年の水死体が浮かんだ。

片方の足は何か強い力でもぎ取られていたが、事件性はないとあっさり処理された。

もぎ取られた足は、町の『支配層』の跡取りから尊い血を流させた不敬な足であることを、愛作は知っていた。

誰にも言えなかった。

『海辺の町』ではそれは自分も水に浮かぶことを意味していたから。

その後、愛作は川遊びをしなくなった。

愛作の同級生の一部――『支配層』の子どもたちが次第に野球やサッカーといった遊びから離れていったのもこの時期である。

目立つようになってきたよろよろした歩き方は、瞬発力を使ったスポーツには向いておらず、彼らもそれを楽しいと思えなくなったのだろう。

『海辺の町』の中学校はほかの学校より水泳の授業が多かった。授業のたびに、潜水して浮上してこないクラスメイトの数が少しずつ増えていった。彼ら・彼女らの祖先の血が体を変えつつあった。

――第二次性徴。

それが保健体育の授業で教えられたのもこの時期であったが、両生類人のそれを教えるのは『海辺の町』だけだったろう。

次第に、教室と放課後の雰囲気が二分化されていく。それは『支配層』とそれ以外という、大人の序列が思春期の少年少女にも浸透することを意味していた。


それから二年が過ぎた。

放課後の教室で帰り支度をしている愛作に、『支配層』の子どもたちが声をかける。

「ちょっと頼まれてくれ」

最近増えてきた言葉。『海辺の町』の外へ買い出しに行けという頼まれごと（命令）。

だんだん異形化が進む『支配層』は町を離れなくなる。よそでは彼らは目立つがゆえに。

買い出しの内容は、ゲームソフトの時もあれば、流行り（はやり）のファッションアイテムだったり、期間限定のスイーツ、並ばないと買えないホビー商品と幅広い注文が寄せられる。

『海辺の町』で買えないものは、純血の人間が買いに行く。これが奉仕の第一歩。

おそらく愛作の父も学生時代にはこれをやらされたはずである。歴史は繰り返す。

代金立て替えや踏み倒しがないだけマシだろうか。『支配層』の家は皆裕福である。

「愛作ぅ、あたしもかわいい水着が欲しいから買ってきてよ」

目が異様に突き出た女子生徒が一万円札をひらひらさせる。

愛作は相手を不快にさせないよう、わざとらしく束感のあるミディアムヘアの頭をかきつつ、

「それは恥ずいから勘弁してよ」

と、拒否した。女子生徒も冗談だったらしく、同じ『支配層』の血をひく同級生とギャハハと笑いあう。

(お前に似合うかわいい水着なんか世界中探したってあるわけないだろ)

顔に偽りの笑みを貼り付けたまま心の中で毒づく。

そういえば葉月の誕生日も近い。一緒に町の外へ出て何か買ってあげようと思った。

家に戻るのは面倒だったので白シャツに黒ズボンの夏の制服のまま向かうことにした。ピンクのトップスにデニムのハーフパンツ姿の葉月は大好きな兄との買い物が嬉しいのか足取りが軽い。

同級生に頼まれたスカしたスマホケースと、葉月が「これかわいい」と選んだバックリボンのついたつば広の帽子を買った帰り道。

幹線道路から一歩奥まった人通りのない道でトラブルが起きた。

下を見て歩く習性がついている愛作が、町の外でも同じようにした結果、土地の若者にぶつかってしまったのだ。スマホ歩きしている者がよく起こすトラブルである。

愛作より二、三歳年上の少年は、

「痛えっ、おいガキ。わざとぶつかってきたろう」

と、愛作と葉月の前に立ち塞（ふさ）がる。つるんでいた同世代の少年二人が背後を塞ぐ。

「ごめんなさいっ。わざとじゃありません。ごめんなさい」

愛作は相手の少年に二度頭を下げた。葉月もいる。なんとか許してもらうしかない。

ニキビ面の少年の顔には、

「おい、頭突きくれといてただで済むと思ってんのぉ？」

と、いじめ加害者特有の昏（くら）い攻撃性が張り付いていた。

「見ねえ顔だな。お前どこ中（ちゅう）？」

背後から愛作の顔を覗き込んだボーダーシャツにワイドカーゴパンツの少年が尋ねる。

その体軀（たいく）は愛作より二十キロ以上重いだろう。ぼってりとした唇の周りを短いヒゲが囲んでおり、他人に威圧感を与えることに慣れているようである。

愛作にはとても答えづらい質問をされ、無言の時間が過ぎた。

「前方不注意に、次はシカトかよ。これは重罪よなあ」

背後から頭をはたかれた。とっさに振り返ると目を細めてニタニタ笑う鼻ピアスの少年が片方の眉を上げて、

「あん、なんなん。その反抗的な態度って」

と、煽ってくる。

三人ともただ謝って放してくれる相手ではないと確信した。因縁つけられる弱者を探していたら恰好の獲物がかかったと彼ら三人は喜んでいる。

「うーん、幼女誘拐の罪も追加で」

ニキビ面がウヒャウヒャ笑う。

「だからどこ中だよ、てめえ」

ボーダーシャツが早くも短気を炸裂させて愛作の耳を引っ張る。

「痛っ」

とっさに耳をおさえた愛作の手から紙袋が落ちた。葉月の帽子が入った紙袋。

「やめて。あやまったでしょ」

葉月がボーダーシャツを突き飛ばそうと試みるが、びくともしない。

「幼女が抵抗してきたぜ。お仕置きにこうだぞ」

ニキビ面が細い足で紙袋をグリグリと踏みつける。

葉月の両目に涙が盛り上がる。

愛作の中で白く熱い怒りがこみ上げ、ニキビ面の腹にタックルを決める。

きれいに入ってニキビ面があおむけに倒された。

踏みつけられた紙袋を拾おうとした愛作に、ボーダーシャツが蹴りを入れた。

「お、このスマホケースいけてるじゃん。お前のようなクソガキにはもったいないシロモノなんで没収しまーす」

鼻ピアスがプラスチックの包装をひらひら振って自分のダメージデニムのポケットに突っ込む。

「どうしてひどいことするの、やめてよ。やめてよ」

葉月はボーダーシャツに向かっていくが、リーチの長い相手に頭を押さえつけられて近づくこともできない。

「妹に触るな！」

紙袋を抱えて立ち上がった愛作のその首に、背後からニキビ面の細い右腕がマフラーのようにからみついて締め上げる。喉を潰されそうな痛み、気管と頸動脈（けいどうみゃく）の圧迫により、呼吸ができず、血が巡らない。愛作の体が絞首刑から逃れようとあがくほどに、ニキビ面の右前腕は少しずつ食い込んでくる。

「よくもやってくれたのぉ。センパイに逆らうクソガキは処刑。漏らして死ねや」

一方的な暴力に興奮したニキビ面の汗の臭いが愛作にも届いた。

愛作は朦朧となりながらも右手でニキビ面の右上腕を引きはがそうと試みるが、すでに完璧に巻きついたそれをほどく隙間は見つけられなかった。左手は、葉月の帽子が入った袋をつかんだままだった。死んでもこれを手放す気はない。両手で抗えばもう少し活路は見いだせるかもしれないが、こいつらは再び葉月の帽子を面白がって踏みにじるだろう。

そんな光景をこれ以上、妹に見せたくはなかった。自分が虐げられるのは我慢できるが、葉月が悲しむことは兄として許せない。

「お、お、喉に入ってるぞ。小僧の顔真っ赤。やるなー、ケンちゃん。路上の伝説かよ」

愛作の決意をよそに、鼻ピアスは面白そうに愛作の顔を覗き込む。

「誰か助けてください。お兄ちゃんが死んじゃう！」

葉月が大声を出した。通行人がいなくても、近所の家が警察に通報してくれるかもしれない。

ニキビ面のケンちゃんもそれを察したか、

「ダイキ、そのガキうるせーから口塞げ」

と、鼻ピアスのダイキに顎をしゃくった。

「はいはい、よっと。ガキ、おれらがロリ好きじゃないことに感謝しろよ。お、でもこのガキよう、将来楽しみな原石って感じだぜ」

気持ちの悪い笑みを浮かべて近づくダイキを見上げ、怯える葉月の視線が動いた。ダイキの背後に。

「ん、なんか磯くせえな。うわぁっ」

ダイキが振り返る前にその後ろ襟にかけられた手が一気に彼をそのまま後ろに引き倒した。

「イダダッ」

アスファルトに思い切り転がった勢いで首と肩を痛打し、ダイキは路上でのたうつ。

ボーダーシャツに押さえつけられた際に乱れた葉月の柔らかい髪に今度は、分厚い掌が乗せられた。それは見た目と違った繊細な動きでよしよしと撫でた。

「なんだ、おっさん。ぶっ殺されてえのか」

おっさんと呼ばれたボサボサ頭の男は葉月の頭から手をどけると、無精髭が生えた顎を掻きながら、眼前の暴力に対して嫌悪を示すように下唇をひん曲げたふてぶてしい表情で、ボーダーシャツの威嚇を正面から受け止める。

その視線は飄々としていながら鋭く三人組を見据えて動かない。

「あれ、磯くせえか？　海沿い生まれの海沿い育ちなもんでよ」

と言うや自身のブラウンのツナギの襟元を広げて鼻を近づけた。

「へっ、フローラルな柔軟剤の香りしかしねえや。アラフォーなりに気を遣ってんだよ」

と、白い歯を見せた。一歩も引く気がないらしい。

「ノブくん、頼むわ。県大会3位、期待してるぜ」

ケンちゃんの嗜虐的な笑顔にボーダーシャツのノブくんは「よしゃ」と答えておっさんにすり足で懐に入り込む。柔道だ。

アスファルトの上に投げが決まれば、受け身を知らない者は負傷確実である。

ノブくんがあっさりとおっさんの襟と袖をつかみ、大外刈りを仕掛けたが、おっさんは腰をしっかりと沈めて重心を低くすることで防いだ。

それならば崩すまでと、ノブくんは慣れた動きでおっさんの足の間に自分の足を差し込んで小内刈りを仕掛ける。コンビネーションは練習の賜物か。

おっさんは、仕掛けられた自分の足の力を抜いて技を失敗させると同時に、袖をつかまれてない方の腕をしならせ、ノブくんの顎をパンとはたいた。

ガクン、とノブくんは垂直に崩れ落ちた。

「ノ、ノブくん!?」

目をひん剝いたケンちゃんが次の瞬間悲鳴をあげた。葉月が背後から思い切りケンちゃんの股間を蹴り上げたのだから、悲鳴は当然だ。

腕が緩んだ隙を逃さず、愛作は頭を一度前に振って思い切り後頭部をケンちゃんのニキビ面に叩き込む。

兄妹愛コンビネーションに、ケンちゃんは泣き声をあげてうずくまった。

その顔にところどころ血がこびりついているのは、ニキビが潰れたせいだろう。

愛作は片膝をつくと、両の瞳から涙を流す葉月の柔らかい髪の毛に手を当て、くしゃっとした。

「葉月、ケガはない？」

「大丈夫っ」

「ごめんな、俺の不注意で怖い思いさせちゃって」

お互いの無事を確認する兄妹にパチパチと拍手が送られた。

「最後の連係は見事だったぜ」

見上げた二人を、のほほんとした笑顔が覗き込んでいる。

それが『おっちゃん』との初めての出会いだった。

第三章

おっちゃんと俺

Chapter 3

おっちゃんが運転するトラックが幹線道路をはずれ、人家の少ない脇道に入ってから数分もしないうちに、視界が殺風景な荒地で占められるようになっていく。とうの昔に耕す者がいなくなった田畑には雑草が生い茂り、時折見える建築物はどれも傷んだ廃屋ばかり。道路舗装もところどころ剝がれており、その上を通るたびに、座席がゴトゴトと縦に揺れる。

「毎度この悪路は嫌になるぜ。まあ、この先に人が住んでるなんて誰も知らないから、自治体が予算をつけてここを舗装することはないだろうがな」

ハンドルを握るおっちゃんはアスファルトの陥没部分をできるだけ避けるようハンドルを動かす。

その隣には愛作、助手席窓際の席には葉月が座っている。

おっちゃんは「お前ら『海辺の町』の子だろ。ちょうど行く途中だったから送ってやるぞ」と言い、さらに自分のことを、『おっちゃん』と呼ぶように言った。

「あの……『海辺の町』のことをどうして知っているんですか」

おずおずと尋ねる愛作に、おっちゃんは、

「呉井家から、『海辺の町』に必要な生活物資や機器の類はおっちゃんが運ぶよう依頼を受けたんよ。あの町は訳ありだ。住民の何割かはおいそれと町の外に買い出しなんか行けやしない。だから、注文いただいたブツを定期的に届けてるおっちゃんがいるのさ」

と、返した。

『海辺の町』は住民でない者の出入りをシャットアウトすることで、町自体の存在、そして住民の忌まわしい血脈が知れ渡ることを防いでいる。しかし、町のインフラ維持や生活必需品、嗜好品などは外部から調達せざるを得ない。そこで町の実力者である呉井家が選定したごく一部の人間に秘密を守ることを条件に、莫大な報酬を与えて奉仕させている。

おっちゃんはその一人ということだ。

「日本にはあちこちに買い物困難地域っていうのがあってな。店が近くにない、高齢化が進んで遠くの町に買い物に行けない、なんて事情を抱えた土地がある。そこにトラック転がして物を売りに行ってる業者がいるんだ。おっちゃんの仕事もそんなもんよ。ただ、相手が、ちいとばかり人外なだけでな」

後ろの荷台には発電機や、数カ月分のトイレットペーパー、チェーンソー、外国から取り寄せた希少な書籍や骨董品など様々な品が積んであるそうだ。

呉井家は『海辺の町』の『支配層』の一角を担う有力な家でありながら、おぞましい魚の血が一滴も入っていないという。人間だという理由で『支配層』に顎でこき使われ、蔑まれる町の掟から超越した存在であった。

「呉井家は特別だから……」

愛作の呟きをおっちゃんが拾った。

「特別？　人に特別も普通もあるもんか。人は誰でも同じだ」

「おっちゃんだって呉井家が特別だから、町に出入りできるんでしょ」

「そりゃよ、雇い主だから」

「そういう意味じゃないです。これまでも町に入れてたなら、おっちゃんにもこれがあるはずでしょう。呉井家に刻まれたこれが」

愛作がシャツの左袖を二の腕までまくり上げると、上腕の外側にある蚯蚓腫れが露わになった。いや、注意深く観察すると、それは遠い異国の象形文字めいた何かであり、意図的に刻まれたものだとわかる。

愛作は軽く己の下唇を噛み、その奇妙な刻印をおっちゃんに見えるように向けた。

おっちゃんはそれにチラリと目をやり、

「ある。運転中なんで見せられんがな。いいからそれ早くしまいな」

と、促した。少年の刻印に対するネガティブな気持ちを感じ取ったのだろう。

袖を伸ばした愛作はフロントガラスから視線を自分の足元に落とす。

「もう町に着くよ。車だと早いね」

と、葉月は言うのだが、窓外に流れる景色は相変わらず過疎の荒地続きで、前方に海はちらりとも見えない。

トラックは行き止まりになった道を減速せずに進む。道の果てには灰色の岩壁が立ち塞がっており、ブレーキを踏まないと衝突して大惨事になる。

しかし、トラックの三人は、フロントガラスいっぱいに広がってくる岩壁に怯えることも慌てることもない。おっちゃんは愛作に語り掛ける。

「おっちゃんな、呉井家から、よその仕事の三倍の報酬を払うって言われたんだ。世知辛い世の中さ、そりゃあ二つ返事よ。呉井家が提示した条件は四つ。『海辺の町』の専属で働くこと、業務上知りえた秘密は洩らさないこと、町の『支配層』に敬意を払うこと、それで最後の四つ目が……」

その時、トラックの鼻先が岩壁に接触した瞬間、トラックは最初からそこを走っていたかのように、曇天の『海辺の町』の道路を進んでいた。

「結界で閉ざされた『海辺の町』に出入りするために必要な魔術刻印を呉井家から刻まれることだったのよ」

フロントガラスの向こうに曇天と同じ色をした海のうねりが見える。

道の両側の荒地は消えて、愛作や葉月が通う学校や缶詰工場に切り替わっている。

先ほどまでの悪路から一転して、きれいに舗装された道路を走るトラックは、ヒョコヒョコと歩く中年女を追い越す。

『海辺の町』。それは結界の中に存在する現代の隠れ里である。

この町は行政機関に知られることなく、近隣地域の住民との交流もほとんどない。

年中豊漁の魚介類とその加工品を非合法に流通させることによって、豊かな財政は支えられている。

憲法は適用されず、『支配層』と自称する邪神奉仕種族により一方的に治められている。人間は出生時に刻まれる魔術刻印により、結界を出入りする資格を得ると同時に『支配層』への服従を強制される。

それが愛作や葉月が生まれ育った場所である。

愛作と葉月に絡んできた少年たちが、「見ねえ顔だな。お前どこ中？」と聞いてきても答えられるはずがない。少年たちは『海辺の町』の存在を認識しておらず、ましてやそこに異形と人間が通う学校があるなど夢にも思わないだろう。

「おっちゃんは僕らをこの町の同胞だってわかったから助けてくれたんですか」

愛作の問いに、おっちゃんは前を向いたままで、

「どこの人間だとかを基準にしてお節介なんかやくもんかい。目の前で起きてることを見過ごせなかったってだけだよ」

と、淡々と答える。

「この町では人間だっていうだけで下に見られる。町の外に出たって僕らはよそ者でしかない。どこに行ったって邪魔者なんだ。好きでここに生まれたわけじゃないのにさ」

愛作は下を向いて言い放つ。おっちゃんに優しくされたことで普段押し殺している気持ちがほとばしり出てしまった。

おっちゃんはハンドルから左手を離し、愛作の頭に厚みのある掌（てのひら）をポンと乗せた。

「生まれや立場、ましてや外見で差別はしちゃいけねえよな。お前が『海辺の町』でどういう目に遭ってるかは想像はつくが、だからといってお前もひとを蔑むようなまねはするな。それを理由にして心まで卑屈になるな。そりゃ、現実には上下関係ってのはついてまわる。でもな、いちばん大事なのはお前が差別する側にまわっちゃいけないってことよ。どんなにつらくても、お前は自分の目線をこうぐっと上げてさ」

愛作の視線がいつもの斜め下からまっすぐ真ん前に向くよう、グイと頭を動かされる。

「この方がずっと先まで見えるからいい。差別に負けない平らな視線を保て」

と、言ってフフンと笑った。

「平らな視線……」

力ある『支配層』のやることに口も手も出すな、自分や家族が無事でいるためには理不尽なことにも笑顔でいろ。そのような身の処し方しか知らなかった愛作にとって、おっちゃんの言葉は新鮮だった。

（なるほど。他人を蔑まないで見るということは同時に自分自身を蔑まないってことだよな。このひとの言うことは正しい気がする。すぐにできるかはわからないけれど、平らな視線で見

てみようかな。俺を包んでいた卑屈なものから脱け出せるかもしれないな)

おっちゃんの言葉と掌は愛作の心に小さな火を灯した。

それはその先、何度か吹き消されそうになるが、決して消えることはなかった。

それは後に幾度も邪神やその奉仕種族と対決するたびに火勢を増していき、邪神ですら手を焼く業火に育っていくのだが、後日の話となる。

「僕、いや俺さ、おっちゃんが言ったことやってみるよ」

「ハハッ。少年がもう少し大きくなると、おっちゃんの言うことを鬱陶しいと思うようになるかもな。だから今素直なうちに言っておくぞ。自分の譲れないものを守ることは諦めんな。ちいとばかし生きるのがきつくても、それを理由にして全面降伏はすんなよ」

決心はしたが本当にできるだろうか。この町でその姿勢を貫き続けるのは難しい気がする。

あの夏に河口で死んだ友達のことが脳裏に浮かび、愛作は小さく体を震わせた。

「なに、いきなり強くなれとは言わないよ。ちょっとずつでいいんだ。今日妹を守ろうとした少年ならやれるさ」

葉月がそのやりとりを見て、

「わたしもつよくなる」

と宣言した。

おっちゃんは、『海辺の町』の中心部から少し離れたところにある、広い敷地を白い壁で囲った屋敷の前でトラックを停(と)めた。

「大得意様に真っ先に届け物を渡すのが決まりでな」

トラックがそのまま通れるほどの大きさの黒い鋼の門。愛作は幾度かくぐったことがあった。

門の横に打ち付けてある飾り板には、呉井と刻まれている。

町で権勢を誇る呉井一族の洋館。

どこからか見ていたのか、門扉が自動で内側に開かれる。

おっちゃんは丁寧なハンドルさばきで、門から三十メートルほど奥にある屋敷正面玄関までトラックを進めた。屋根付き車寄せの近くに停車すると、愛作と葉月に「そのまま乗ってな」と言って自分は降車する。機敏にトラックの後方に回ると荷台の扉を開け、呉井家に納入する荷物を取り出し始める。

すると、分厚い樫(かし)材の玄関扉が開き、黒いスーツ姿の屈強な体格の人間の男が姿を現した。

「どうもどうも。今日もいい天気…いつもの曇り空ですね」

おっちゃんが頭を下げて愛想よく挨拶したのを無視した男は、いかつい顎をクイッとしゃくって、玄関の中に荷物を運べと指示する。

「嫌な感じ」

窓からその光景を見て、愛作は顔をしかめた。

おっちゃんがいくつかの荷物を玄関口に運びこむ作業を、腕組みして睨みつけている男の顔に、ちゃっちゃと済ませろやと書いてある。

愛作は、男が呉井家の運転手兼ボディーガードだと知っていた。自分が呉井家を訪問した時も、あの男は人を人と思わない態度で接してきた。今それを客観的に見たことで不快な気持ちがこみあげてくる。

「あのひとは『支配層』じゃない。ただの人間のくせに、呉井家に雇われてるってだけで偉そうにしやがって」

と、声に出た。運転席のドアは閉まっているため、それが聞きとがめられることはなかった。

「お兄ちゃん。今の言葉よくないよ。ただの人間のくせにって、わたしたちも人間だよ。おっちゃんが心まで卑屈になるなって言ってたよね」

葉月の鋭い指摘が胸に刺さった。妹は小学五年生だが大人の言葉を理解する聡明さを持っている。

あの男がおっちゃんや自分にとる態度がひどいのは事実だ。しかし、『支配層』じゃないという理由で偉そうにするなと考えるのは、もし男が『支配層』だったらそういう態度をとられても構わないということだ。

(自分で自分を差別の枠組みに入れ込んでるじゃないか)

葉月が大きな瞳でじっと自分を見つめている。

「葉月の言う通りだ。兄ちゃん、おっちゃんの言葉をわかったようでわかってなかった」

先ほど、おっちゃんがしたように、葉月の頭にポンと掌を乗せる。

母譲りの白い小顔に屈託のない笑みを浮かべた葉月に、

(これからは下を見ずに前を見ていくぞ)

と、誓うように頷いた。


「おい、配達屋。僕の父宛に本が届くはずなんだが」

聞き覚えのある声のした方に愛作は顔を向ける。

樫材のドアから出てきた少年が、腕組みを解いてかしこまる男を片手で押しやり、車寄せに立つおっちゃんに問いかけていた。

ダークブラウンの髪を神経質そうにいじるのは彼の癖だ。

呉井榊。愛作より三つ年上の呉井家の跡取り。

「こんにちは、榊さん。旦那様宛の本ですか。ありますよ。これです、どう…」

どうぞ、と言い終わる前に呉井榊は、おっちゃんの差し出したA4サイズの分厚い封筒をひったくる。

封筒の表と裏を確認すると、おっちゃんには目もくれず、

「よし、傷はついてないな。行っていいぞ」

と、用済みだから消えろとばかりに手をひらひらとさせた。

「はい、毎度どうも」

慣れてるのだろう。おっちゃんは不遜(ふそん)な少年に一礼し、荷台の扉を閉める。

呉井家の運転手の男の態度に不快感を抱いた愛作だが、呉井榊の同様の非礼さにはさほど感情が波立たなかった。

呉井家は『海辺の町』の『支配層』でもトップクラス。その家の将来の主人となる呉井榊はそう振る舞って当然という刷り込みが抜けなかった。

(おっちゃんに言われたからって『支配層』はやっぱり苦手だな……)

榊は本を片手に愛作の乗る車に近づいてきて視線が合った。愛作の背筋がピンと張る。

「…愛作か。降りてこい。たまにはお茶でも飲んでいけ」

「ん、少年は榊さんと知り合いなんか」

運転席に戻ってきたおっちゃんがシートベルトを締めながら声をかけてくる。

「知り合い…というか、おっかない先輩だよ」

榊の言動は、常に上から目線の俺様ではあったものの、彼は『支配層』の中でただ一人、愛作を罵倒したり、パシリに使わない上級生でもあった。何度かこの屋敷に招かれたこともある。

愛作は緊張しつつも、助手席外側の葉月に先に降車してもらい、後に続く。

「大丈夫か？」

「榊さんは典型的な俺様だけど、外の町のやつらみたいに殴ったりはしないから。おっちゃん、今日はありがとう。また会えるよね？」

「この町には月に何度か来ているからな。会えるだろうさ。おっと、これ忘れるなよ」

と、おっちゃんは愛作が死守した葉月の帽子と、同級生に頼まれたスマホケースの入った紙袋を手渡した。

「これも忘れんなよ」

下に向けた視線をまっすぐ前に上げる仕草をしてからにっこり笑う。

トラックは呉井の屋敷を去っていった。

「忘れるもんか」

愛作は小さく呟いた。

彼の視線は自分より少し背の高い榊が放つ鋭い視線をしっかりと受け止めていた。

葉月は兄の横でその様（さま）を見上げて微笑（ほほえ）む。

馥郁（ふくいく）たる紅茶の香りに愛作の鼻の穴が膨らむ。

呉井家のリビングはこの町でいちばん洗練された空間である。

高い天井で大きなファンが旋回し、四メートル近い高さの窓にかかった肌理（きめ）の細かいレースのカーテンは薄曇りの陽光を柔らかく遮っている。

呉井家の当主は成金趣味とは一線を画しているらしく、モダンで趣味のいいダークブラウンの革張りのソファと、深みのあるダークグリーンのガラス天板のテーブルを中心とした室内は嫌味にならない程度の高級調度で飾られている。床はダークウッドのフローリングで、テーブルとソファの辺りだけ、毛足の長いペールホワイトの絨毯(じゅうたん)が敷かれていた。

(何度来てもおしゃれすぎてくつろげないんだよなあ。榊さんがおっかないって理由もあるけど)

紅茶を飲むとき、ズッと音をたててしまった。向かいの席から飛んでくる侮蔑の視線は意識しないように努めた。

お茶の給仕をしてくれたメイドは榊の手の一振りで下がってしまったため、リビングには愛作と葉月、彼らを招いた榊の三人だけ。

榊は沈黙が気にならないのか無言でいる。その一方で、この沈黙に耐えられない愛作にとっては苦痛な時間が流れる。

なんとか会話しようと思い、この紅茶はどこの国の茶葉なんですか、のセリフを紅茶と一緒に飲み込む。

お前に茶葉(リーフ)の違いなんかわからんのだから黙って飲め、と言われるだろう、間違いなく。空気が凍る。

「わあ、このクッキー、すっごくおいしいよっ」

ご相伴にあずかった葉月が目を見張って報告してくる。妹は兄より肝が据わっているようだ。

そうだろう、と満足げに榊の口角が小さく上がる。

榊は人差し指、中指、親指の三本でティーカップのハンドルをつまんで持ち、もう片方の手はカップの底を軽く支えて、上品に紅茶を喫する。

(育ちがいいから様になるなあ)

愛作は素直に感嘆する。榊の所作は実に堂に入っており、そのスマートさは認めるしかない。

これでさらに、頭脳明晰でイケメン、家は裕福とくれば最強である。冷淡で傲岸なところも魅力のひとつだと評価する女性も多い。

「愛作。お前に言っておくことがある」

ティーカップをソーサーに置いた榊が黒い瞳でじっと愛作を見つめる。鋭くて逸らしたいのに、逸らすなと無言で命じてくる視線は、愛作を蛇に睨まれた蛙の気持ちにさせる。

呉井家は『支配層』の中で唯一、異形の血が入っていない家系だという。

つまり、人間である。思春期を過ぎて鰓や水掻きが生えてくることはない。体から拭えない潮の匂いもしない。

では、人間が人間だというだけで差別される『海辺の町』で、呉井家がなぜ『支配層』の中でも有力なポジションでいられるのか。

町の住民なら誰でも知っている。

「僕の留学が決まった。アメリカの東部にある大学だ」

榊は続けて大学名を言ったのだが、愛作は聞き洩らした。

とっつきにくくて、おっかないが同じ人間であり、こうしてお茶にも招いてくれる彼に対して、少なからず親しみを感じていた愛作にとって大きな衝撃だったためである。

ミスカ…なんとか大学と言っていたようだが、もう一度教えてくれと言えるような気やすい関係性ではない。

「はあ、すごいですね。アメリカって遠いですね」

月並み以下の返ししかできず、愛作は少し気恥ずかしくなった。榊の前だと軽口を叩くのも難しい。

「結界に隠れたこの町でこれ以上学ぶことは難しい。僕の父も祖父もその大学に留学して……」

榊はそこでひと呼吸おく。

静かなリビングに葉月がクッキーを齧る音だけが聞こえる。

「我が家系は『神さま』を召喚する魔術を学んできたのだ。この町に繁栄をもたらす『神さま』に感謝を捧げる祭祀には召喚魔術が不可欠だからな。僕も呉井の跡取りとしてそれを会得する義務がある。魔術師でない呉井の人間に価値はない」

呉井家が人間でありながら『海辺の町』で『支配層』に堂々と入っていられる最大の理由は魔術を使って『神さま』を召喚できるからである。

町に豊漁を確約するもの、あきらかに異種族の血をひく『支配層』を外界から隠す結界を張るもの、そして数十年に一度生贄を求めるもの。

灰色の海からくる『神さま』と呼ばれるものと意思疎通し、町を保護する契約を交わすことは呉井家に代々課せられた役割であった。

アメリカ東部にもあるという『海辺の町』に伝わる高度な召喚魔術を学ぶことは、呉井家の権力を承継することにつながる。

「ここだけの話だが僕は潮臭い半魚人、いや『深き者』どもが好きではない。あれは美しくないからな。しかし、この町に生まれた者として、呉井の家に育った者としてあれらを保護する契約を『神さま』にとりつける義務は果たさねばならない」

先ほどまでの沈黙が嘘のように、榊の饒舌は続く。

「僕は大学に籍を置きつつ、魔術結社『銀の黄昏錬金術会』に入門し、そこで自分の正気と引き換えにしてでも、一級の召喚魔術師になってみせる。そう、クトゥルフの眷属と取引できるくらいに！」

興奮したせいか榊の白い肌がうっすら紅潮していた。

愛作はただ榊の宣言を聞くのみ。圧倒されていた。

(召喚魔術、魔術結社、クトゥルー、いやクトゥルフだって?)

「クトゥルフってなんですか?……」

銀の黄昏というちょっと中二病の入ったサークルはさておき、クトゥルフという聞き慣れないが妙に気にかかる言葉について問いかけていた。

榊は、なんだそんなことも知らないのか、とこれまで愛作に数十回放った軽侮の視線で返した。

(普通知らないよ、そんなの)

とは言い返さない。

「星辰揃う刻に永き眠りから目覚めるグレート・オールド・ワン。南太平洋に沈むルルイエから世界に号令するもの、大いなるクトゥルフ。超古代の地球の支配者の一柱よ」

宙を見つめ、珍しく熱のこもった口調で吟じる榊の姿に、

(海底で寝てるクトゥルフって神を起こすってこと? それが起きたら何だっていうんだ)

と、自分の頭が受け止められる程度にスケールダウンさせて思考する。

「大いなるクトゥルフが統治する真の世界を再現することが我ら魔術師の本懐。人間も半魚人どももクトゥルフの前に等しく隷属するのだ」

(その真の世界とやらになっても『支配層』とそうじゃない者の間でいじめや差別はあるんだ

ろうな。今と何も変わらない世界なんて俺は求めない）

悦に入ってる榊をまっすぐに見る。いつもの愛作なら榊の言うことにむかつきながらも従うしかないと思考停止になるところだが、今日は違った。

（下は向かない。自分の視線はまっすぐ）

おっちゃんとの約束。

榊が言おうが、町中の『支配層』が主張しようが、今後は嫌なものに対して下を向いてやり過ごすことはしないんだ。

愛作は自分が階段を一歩上がったことを自覚していた。

彼を永遠に成長しないただの人間だと決めつけている榊は愛作が現在進行形で成長していることに気づかない。自分の話に聞き入ってると思ったのか、

「クトゥルフについて理解できなくてもいい。お前には関係のないことだ」

と、告げたが、クッキーを楽しそうにつまむ葉月に視線を移すや、目を細めた。

「クッキーが好きなんだな」

葉月は「こんなおいしいクッキー初めて」と無邪気に答える。

「また愛作と食べに来い。用意しておいてやろう」

その、らしくないセリフに驚いた愛作の目に気づくや、

「初めてだな。僕を物怖（ものお）じせずに見たのは」

と、薄く笑った。

「お前は僕を苦手にしているものな？」

榊に図星をつかれ、

「に、苦手じゃなくて榊さんには敵（かな）わないなって。俺は魔術も使えないただの人間で、榊さんはこの町の住民を管理する呉井家の人で」

愛作の右手が左の上腕部に伸び、蚯蚓（みみず）腫れのような魔術刻印のある位置をシャツの生地ごと握った。

『海辺の町』を覆う結界を自由に出入りできるパスポート代わりのそれを、町の人間全てに刻印しているのは呉井家であった。

愛作や葉月を始めとする町の人間、そして、おっちゃんのような町に必要と認められた外部の者の肌には、例外なく呉井家の現当主自ら刻み込んだ魔術刻印がある。

父が珍しく泥酔したときに、

「おれたちは焼き印をおされた家畜じゃないんだっ」

と、こぼしたのを聞いたことがある。

この刻印にはそのほかにも、『支配層』に対する精神的隷属を強める効果があるそうだ。

町の人間が、半魚人たちに屈従することに甘んじているのは、生後すぐに付与することを義務づけられている魔術刻印の力が大きい。

魔術刻印による強制(ギアス)で『支配層』にとって居心地のいい階級コミュニティを構築できること。『神さま』を召喚して町の繁栄の約束をとりつけることと並び、呉井家が『支配層』でいられる理由がこれであった。

魔術刻印に縛られている愛作の複雑な感情も知らず、榊は続ける。

「今の僕の魔術は父に比べたら未熟もいいところだが、『銀の黄昏錬金術会』にいる世界最峰の魔術師(マスター)たちに師事すれば、数年で父に肩を並べられるだろう。この町の次世代の住民は僕から魔術刻印を与えられることになる。そして、僕はこれまでの呉井家当主と違い、『神さま』との交渉に生贄を提供せずに済むように、高度な魔術を会得するだろう。そのときこそ、『海辺の町』が退廃の歴史に訣別(けつべつ)して、新しく生まれ変わる時だ」

(生贄って、そんなことしていたのか。そして、榊さんはそれをやめさせようとしている。父さんから『神さま』は人間の理屈が通じないおっかないものだって聞いたけれど、榊さんが言うとうまくいきそうな気分になるな)

榊の、自身の可能性と未来を信じて疑わないところは愛作に欠けている部分である。その強い意志は愛作には眩(まぶ)しく見えた。

榊はソファの傍らに置いていた、おっちゃんから届けられた封筒を開けた。

中から取り出されたのは年季の入った革張り装丁の洋書である。

何の気なしにそれをパラパラと流し読みした榊の整った眉がひそめられる。

「なんだ、この魔導書は…ルルイエ異本のイタリア版からの写本と聞いていたが違うぞ」

　どうやら想定したものと記載内容が異なるらしい。愛作にはわからない外国語で書かれたそれに榊は注意深く目を通していく。

（ルルイエ、さっき聞いたな。クトゥルフってのがいる南太平洋の……寝床？）

　榊は愛作の存在を忘れたかのように、書物に食い入るような目でかじりつき、ページを次々とめくっていく。

「召喚魔法でも結界術でもない。僕は……僕は聞いてないぞ。魂魄を……父さんは何をしようとしているんだ」

（コンパク？　わからないけど親子間で行き違いがあるのかな）

　居心地の悪さが増していく。

　愛作は辞去する頃合いだと判断した。残ったお茶を一気に飲み干す。

「榊さん、そろそろ帰りますね。お茶ご馳走様でした」

　と、言って葉月を促す。

　榊はパンと本を閉じた。愛作は彼の顔色が蒼ざめているのに気づいた。

　彼は黒い瞳を愛作の方に向ける。

　大変珍しいことに、その視線は厳しさも、冷たさも、嘲りすらもないものだった。

　そう、まるで友人に向けるかのような視線である。

「信じないかもしれないが……。僕はこの町での身分とは関係なくお前には親しみを感じている。半魚人か、呉井家に取り入ろうとする人間ばかりの中で、お前は恐々としながらでも僕から逃げない強さを持っているからだ。だから僕も逃げずに立ち向かう」

初めて聞かされる榊の評価に、愛作は戸惑う。そして、

（逃げずに立ち向かう？　なんのことだろう）

という疑問は押し殺し、

「強いなんて初めて言われました。俺はただ、榊さんのお誘いに図々（ずうずう）しく乗っちゃっているだけですよ」

と、答えた。

「余計な謙遜は不要だ。お前は僕を利用しようとか、やり過ごそうとか考えていないだろう。フン、僕はお前が相手だとつい口数が多くなってしまうな」

（え、これで口数多いのっ？）

喋（しゃべ）りのほとんどが自分語りで、親しい後輩との会話としては成立していないのだが。

榊が愛作を気に入っているらしいこと、自分では会話をしているつもりでいることに驚かされた。

そのとき、今までの愛作なら思いつかなかったことが浮かんだ。

（榊さん、もしかして友達付き合いほとんどない？）

上の階級で、頭脳明晰で、ルックスもよく、裕福で、魔術も使えるステータス盛り盛りで満ち足りていると思っていた榊の別の一面を垣間見た気がした。

なまじ頭がいいゆえに、自分に近づいてくる者の真意を見透かしてしまい、遠ざけてきたのだろう。

(意外と寂しがりなのかな)

ようやくクッキーを平らげた葉月が「ごちそうさまでした」と一礼して、ソファからぴょんと立ち上がる。

「じゃあ、行こうか。はづ…」

と、促して廊下に出ようとした愛作は同じタイミングでリビングに入ってきた何かにぶつかって、再びリビングの方へ突き飛ばされてしまった。

「痛っ」

後ろに続く葉月をかばうように足を踏ん張り、転倒することは免れる。

廊下からリビングに入ってきた長身痩軀の男は自身の進路上にいる愛作と葉月の存在など気にもせず進むので、愛作は慌てて葉月とともに横に退いた。

「わわっ」

愛作の横を通り過ぎてから、男がようやく無礼な邪魔者に気づいたといった体で顔を向けた。

仕立ての良い黒のスーツに身を包んだ壮年の男性だった。否、衣服に覆われていない顔や手は肌が骨にぴったりと貼りついたミイラのようで老人と言っても通る。それでいて豊かな黒い蓬髪(ほうはつ)、乾いた唇から覗(のぞ)く妙に白く光る歯列が年齢不詳めいた不気味さを醸し出している。

「ひっ」

愛作はなんとか堪(こら)えたが、葉月は小さな悲鳴を漏らしてしまう。慌ててその口を塞いだ愛作は自分より頭ひとつ以上高い男性の上から降ってくるぎらついた視線を、下から受け止めることになった。

榊に対して対等にまっすぐ突きつけた視線は、男性の凶気をはらんだそれにあっさりと打ち負けてしまった。

「お、お、お邪魔してます」

(死体みたいな顔や手より怖いのはこの目だよ。いっちゃってるっ)

正気をほぼ全て喪失した目は半魚人より恐ろしい。

この男こそ呉井家の現当主、呉井築(きずき)。

『海辺の町』の全住民に君臨する魔術師である。

築は息子の唯一と言っていい友人の来訪に父として喜んだか。結果は否。『支配層』でない者は彼にとって等しく侮蔑する対象であった。

「私の進路を邪魔したな。無礼者には罰をくれてやるぞ」

驚くべきことに築の声は外見とは全く乖離(かいり)した、若々しい青年のものであった。

皺だらけの顔でギラギラと光る目の瞳孔が開く。

「うぐっ」

「きゃあっ」

兄妹は同時に叫び声をあげて膝を折った。左腕の魔術刻印が強烈な熱さと痛みを発したのだ。

「葉月っ」

フローリングの上で左腕をおさえて転がりまわる葉月に駆け寄ろうにも、愛作の腕も直接痛覚を火で焙られているかのような感覚に襲われて身動きがとれない。

魔術刻印の精神干渉により、『支配層』への叛逆を半ば封じられている人間でも、中には血気盛んな者もおり、呉井築を襲撃しようとした青年らもいたという。しかし、築が暴徒を一瞥するや、武器を取り落とした彼らは激痛でショック死したらしい。

その日以来、人々は魔術刻印の隠された機能をしっかりと肝に銘じ、呉井家には逆らってはならないという不文律を厳守している。

「痛い痛い痛い」

「は、はづ、き」

いっそ自分の腕をもぎとってしまいたくなる痛みに愛作も為す術がない。

「父さん、お帰りなさい」

榊が築に声をかけた。手には届いたばかりの魔導書が抱えられている。

先ほどまでのセリフと裏腹に、榊は床で苦しむ兄妹に目もくれず、父親に魔導書を差し出した。

「アーカムの古書店からようやく届きました」

築が視線を本に移してそれを受け止るや、兄妹は責め苦から解放された。

「届くのはルルイエ異本と聞いておりましたが」

「榊よ、中をあらためたのか」

「すみません。魔術の研鑽を積みたくて少しだけ覗きました」

さすがの榊も父親の前ではしおらしい。

愛作は呼吸を整えつつ、這うように葉月のもとに行くと、妹の華奢な体を起こした。葉月はポロポロと涙をこぼしているが、築への恐怖からか泣き声は堪えている。

最愛の妹をひどい目に遭わせた築に対する怒りが胸の裡で猛るが、文句の一つでも聞かれたら、拷問が再開されるのがわかっていた。葉月をここから連れ出すことだけを考える。

「榊、この魔導書に何が書かれているか理解したのか」

「いえ。そこまではわかりませんでした」

なぜか榊は嘘をついた。そして、愛作と葉月に向かって、

「グズども、さっさと消えろ。玄関はあっちだ」

と、冷たく命じた。その黒い瞳は元の冷たさを取り戻していたが、後ろめたい光に微かに揺

れていた。

しかし、愛作はそこに思いを馳せる余裕がなく、ぐったりとなった妹に肩を貸してリビングを後にすることだけに集中した。

できるだけ早く出ていきたいが、二人とも虚脱したように足取りが重く、必要以上に時間を要した。

篥の不気味な声が愛作の背中に届いた。

「あれらは若くて活きが良いな。使ってもよいな」

明らかに自分たちのことを指していた。

愛作は重い体に鞭を打って玄関へ急ぐ。

樫材の玄関ドアを出る際に、

「長年の研究で正気を多く喪失し、肉体が呪詛で朽ちかけた魔術師が次に目指すは」

と、までは聞こえた。愛作は意味を考えないようにして敷地の外へ向かう。

最後に、榊のものと思われる叫びがうっすら耳に届いたが、戻る勇気も体力もなかった。

震えが止まらない。

「そんなことがあったのか」

おっちゃんは愛作の話を聞き終わると、手にしていたおにぎりの最後のかけらを口に放り込んだ。

「後ろからグサーッとやられるんじゃないかって門を出るまでヒヤヒヤしたよ。遠くから見かけたことはあっても、あんな至近距離であのゾンビみたいな顔を見たのは初めてだったからさ。魚になった人より怖かった。何よりあの激痛地獄は二度とごめんだね」

愛作はそう言って、背中と胸をおさえてみせた。

呉井家の一件から一カ月近く経っている。

榊は誰にも挨拶せずに、留学先に旅立ったらしい。

呉井家当主の築は病に罹ったとのことで自宅に籠るようになったと町の噂で聞いた。

再び荷物の配達に『海辺の町』を訪れたおっちゃんを見つけた愛作は、おっちゃんの休憩時間の話し相手として、助手席を陣取った。

ラジオから流行りの曲が流れている。そういえば、結界の中にも電波は届くんだなと改めて気づいた。携帯の電波、ネットの回線も同じだ。『神さま』は住民の利便性を重視した結界を張ってくれているのだ。これは交渉担当の呉井家の功績と言っていいのだろうか。

「呉井の旦那はおっちゃんのクライアントってやつだから、あまり悪く言うなや、少年」

「おっちゃんはどうしてあのゾンビ、いや、呉井と知り合ったの？」

「うーん、あれだ。安定収入が欲しい労働者と、ワケアリ過ぎる発注元の利害の一致ってやつだな。ハハハ」

おっちゃんはラジオのチューニングをしながら笑う。どの局もつまらんな、と文句が出た。

「度胸あるね」

「おっちゃんは差別も区別もしないのさ。お金は誰からもらっても価値は変わらない」

「今言ったことは前半いいことなのに、後半ちょっと萎えるな」

「この町だって必要な物資がなければ結界の中に引きこもっていられんだろう。少年のようにあっちとこっちを行き来できる刻印持ちはいいとしても。町の外に出た途端に化け物扱いされて狩り立てられちまうのも多いんだ。そいつらにだって生きるための物資は必要だ。それなら誰かが届けてやるしかないさ。もちろん対価はいただく。それが労働ってもんだよ少年」

「そうかあ。誰かの足りないところを埋めるために動くことが労働なんだな」

「ただな、悪いやつらが相手だとしたらそれは論外だけどな」

(悪いやつ……俺らを差別するのは悪いことじゃないのかな。だとしたらあいつらのために働くことはないんじゃない。それに、化け物扱いっていうか、あいつらは化け物と言っても過言ではないよな)

不意に、二年前の夏の出来事が脳裏に浮かぶ。

——化け物！

今はいなくなってしまった少し薄情だった友人の声を振り払うように、愛作は頭を振り、

「おっちゃん、今日は配達につきあっていい？　おっちゃんと話してると俺の将来に向けた視野ってやつが広がるんだ」

と、ねだった。

町を歩いているとつきまとう侮蔑のプレッシャーが、おっちゃんといると晴れる。それは愛作にとって数少ないリラックスできる時間だが、少しだけ高尚に言い換えてみた。

おっちゃんの仕事が忙しいときは配達を手伝う。重いものを腕の力だけに頼らず全身を使うことで軽々と運べるようになった。同年代の少年よりきびきびと動くことを覚えた。

暇な時は馬鹿話をして背中を叩き合ったり、時には両親にも言えない悔しかった出来事を打ち明けて、感情の整理をすることもあった。

また、おっちゃんが『支配層』に嘲笑されることがあった時などは、本人より愛作が怒りを爆発させて立ち向かおうとしたこともあった。それを押しとどめるおっちゃんの大人の対応に反発心が芽生えて暴言を吐くことすらあったが、おっちゃんは怒ることなく、淡々と仕事をこなしていた。愛作は、負の感情をくだらねえやと受け流すその広い背中を見て、大きな度量の育て方を知った。

愛作はまた階段を一歩上がった。

そのような日々が二年ほど続き、高校二年生になった彼から卑屈さはすっかり抜け落ち、おっちゃんの存在が彼の心をたくましくしたことは明らかであった。

そして、今『海辺の町』に運命の時が迫っていた。

日々強まる海鳴りが、その日を予告する。

呉井榊が帰ってきたのだ。

第四章

魔術師たち

Chapter

4

『海辺の町』に繁栄をもたらす呉井家の跡取りが、二年のアメリカ留学を終えて帰ってくる。

その知らせは呉井家の家令によりまず『支配層』に周知され、数時間遅れで人間の住民たちに流れてきた。

愛作は学校から帰宅した際にそれを知らされた。母は、

「呉井さんのところは、お父さんが体調を崩して寝たきりに近いと聞いていたけれど、榊さんが戻ってくれれば、お父さんも元気になるかしらね」

と、片手を頬に添えて話す。お父さんとは呉井築のことである。

「子どもが留学してから表舞台に出てくることがなくなったな。車椅子に乗って自宅の庭にいるのを見かけたことがある。だがあれは車椅子に乗っているというよりも、ただ乗せられている、が正しいな。使用人との意思疎通もままならない様子で、かろうじて生きてるだけに見えたよ。肘掛けからだらんと垂れた両手が枯れ木みたいで」

食卓でお茶を飲んでいた愛作の父は、脳裏に浮かんだ気味の悪い記憶をかき消すように自分の顔の前で手を振った。

ブレザーの制服のまま、父母のやりとりを見ていた葉月はさして興味のなさそうな様子で、トントンと足音も軽く二階の自室へ行ってしまった。

中学一年生になった葉月は、濡羽色のつややかなショートボブの髪とやや気の強そうな猫めいた大きな瞳が印象に残る少女に育ち、『海辺の町』の少年たちの目をひく存在となっている。

呉井家でクッキーをパクパク食べていた頃の幼い面影は薄れつつあるが、愛作にとってかわいい妹であることに変わりはない。

「榊さんが帰ってくる…」

魔術を習得するのに二年が長いのか短いのか、常人の愛作にはわからない。

ただ、愛作は榊が言った、

――僕はこれまでの呉井家当主と違い、『神さま』との交渉に生贄を提供せずに済むように、高度な魔術を会得するだろう。そのときこそ、『海辺の町』が退廃の歴史に訣別して、新しく生まれ変わる時だ――。

の言葉の意味を全て理解していないものの、差別と理不尽がまかり通るこの町の景色を、榊が変えてくれるのではないかと期待していた。

榊がアメリカで学んだ経験が、『支配される者』たちの枷を外してくれる可能性だってある。

現当主の呉井築は、父が言ったように町の指導者をつとめるのは難しい。間違いなく榊が指導者になって、退廃の歴史と訣別してくれるに違いない。

「榊さんが帰ってくる…」

今度はその言葉の意味を噛みしめて呟く。グッと拳を握り締める。

新しい風が吹く予感に愛作の心は熱くなった。

呉井家の新当主、榊様がお戻りになる。当日のお出迎えは高貴なる血筋の者だけが行う。それ以外の者は自宅にて、許しがあるまで平伏しているように。


町中にその御触れが伝達され、その日は仕事も学校も全て休みとなった。

人間である愛作は当然、自宅で平伏する側だ。

高貴なる血筋、すなわち半魚人の血統に属する者たちは、『海辺の町』と外界を隔てる結界の入口から町まで車道の両側に並んで立って待機している。

愛作は自分に多少の親しみを見せてくれる年上の友人の帰還を遠くからでも見届けたかった。御触れに逆らうことになるが、半魚人たちはもれなく道路脇に動員され、人間は引きこもっている。見咎める者はいない。朝早く起きると、ペールホワイトのクルーネックシャツにブラックのテーパードパンツに着替えて、こっそり家を出た。足元はお気に入りのスタンスミスだ。

以前から目星をつけておいた場所があった。町に沿ってのびた傾斜地にある細い道。丈の高い雑草に覆われているため、子どもたちは大人に見つからず移動できることから、『秘密ルート』と呼ばれている。ここからなら榊の家も見下ろせる。

雑草の中から顔を出して、家から持ち出した双眼鏡の倍率を調整して待機していると、波と風の音に混じって、車の走行音が聞こえてきた。

一台の黒塗りのリムジンが田舎町の道を通過していく。道の両側に列をなしていた半魚人たちは目の前を通るリムジンに向かって水掻き(みずか)のある両手をあげて、奇怪な濁音だらけの言葉を次々と投げかける。愛作はその意味はわからなかったものの、人間の声帯で出せない呪文めいた言葉は鳥肌を立たせるには十分だった。

「ちょっとお兄ちゃん」

突然背後から湧いた声に驚いて、愛作は双眼鏡を『秘密ルート』の十数メートル下に落としそうになった。

クリーム色のニットのトップスとブルーの台形シルエットのショートパンツ、モノトーンのローテクスニーカーというお気に入りのアイテムで固めた葉月がそこに立っていた。

「葉月。なんでこんなところに来たんだ。御触れのとおり家にいなきゃダメじゃないか」

唇を尖ら(とが)せた葉月は腕組みをして、

「双眼鏡持ってこっそり家を出た兄が何かやらかすんじゃないかと心配してきたんだから。覗(のぞ)き趣味とかどうかと思うよ」

と、言い返す。

「覗きって、おいおい。人を変質者みたいに言うなよ」

「榊さんが帰ってきて気になってしようがないのはわかるよ。でもこんなことしてるの見つかったら、ただの覗きじゃ済まないよ。帰ろう？」

お説教する妹の存在を無視して、愛作は呉井の屋敷に入るリムジンを双眼鏡で追う。

車寄せにつけたリムジンのドアを使用人が開けると、長い脚が覗いてダークスーツに身を包んだ呉井榊が降りてきた。他のドアも次々と開き、三人の男女が続いた。

「あ、連れがいたのか」

リムジンに乗っているのは運転手と榊だけという先入観があったので思わず声に出た。

車寄せで待っていた半魚人の有力者たちと帰国の挨拶を交わす榊から、双眼鏡の向きをその傍らに立つ三人の男女に移す。

「葉月、外国人が三人もいるよ。珍しいぞ、この町に外国人がいるなんて。きっと榊さんの留学先の友達だな」

『海辺の町』は結界で近隣地域からも存在を隠された町がゆえに外国人が訪れる機会はない。

「普通は外国の人より半魚人の方が珍しいよ」

葉月は呆れ顔をしながらもやはり兄同様に興味を惹かれたようで、

「ねえ、どんな人？」

と、尋ねた。

「そうだな…」

愛作が双眼鏡で拡大された外国人たちの姿を説明しようとした時である。

円い視界の中で背中を向けていたひとりが唐突にこちらを振り返った。

数十メートル先の雑草の陰から覗いていた愛作をしっかりと認めた視線がレンズ越しに飛び

込んできた。

「えっ？」

その男は視線で愛作をとらえたまま独り言を呟いていた。当然だが声は聞こえない。

「どうしたの？」

双眼鏡を通した対面に硬直している愛作の様子を見た葉月は不審げな顔になり、自分の目で原因を確認しようと雑草の繁みから顔を出した。

レンズの中の男の視線が葉月の方に動くや、獲物を見つけた肉食獣のような貌になった。

本能が危険を察知し、愛作の金縛りを解く。愛作は叫ぶ。

「だめ！　顔ひっこめろ！」

「そうだナ。こっちに顔を見せロ」

愛作と葉月は聞こえるはずのない声がした方向、真後ろを振り向く。どこか無理をして人間のふりをしているようなイントネーションであった。

愛作の全身に鳥肌が立つ。胃のあたりが目に見えない手に握りしめられたかのように痛む。

「な、どうし…て」

目の前の光景が受け入れられず、自分の口から洩れた一言は他人が発したもののように聞こえた。

眼前には三人の外国人が立っているのだ。そして、兄妹にそれぞれ別の感情を込めた視線を向けていた。

嗜虐（サディズム）。それは双眼鏡越しに視線で愛作を捕捉した男。日本人選手が大活躍するメジャーリーグ球団の帽子をかぶっており、面白半分に獲物を弄ぶことでしか喜びを感じられないと無言の主張をした顔があった。異様に横広な口元から見え隠れする歯はノコギリの歯を想像させる。大ぶりなTシャツにルーズなデニムハーフパンツ姿だが、自身の体はやせ細っておりミスマッチ感がある。

露出部分の腕や脚に彫られた、南太平洋の部族によくみられる文様のトライバルタトゥーは数秒ごとに皮膚の上で形を変えている。

虚無（ニヒル）。三人の真ん中に立つ褐色の肌の若い女の瞳は愛作たちを見ていると同時に何も見ていなかった。目に映るものすべてに意味や価値など一切認めていないのだ。

何よりも目を引くのは女が纏（まと）っているのが豪奢（ごうしゃ）なウエディングドレスであることだった。顔の前に垂れた薄いベール、肘まで覆ったグローブ、長い後ろ裾（トレーン）は田舎の山道で汚れることなどまるで気にしていないのか無防備に引きずられている。

最後は滑稽（コメディ）。長身をスカイブルー地にピンクのストライプの三つ揃（みぞろ）いで固めた三十代半ばの男。オレンジ色のネクタイ、ダークグリーンの靴と全身の色合いが喧（やかま）しい。

金髪をなびかせた端整な顔立ちは本来は誰もが認めるイケメンなのに、こみ上げる笑いの衝動を抑えきれないのか締まりがない。喜劇の小道具めいた傘をステッキのように持っている。

三人ともベクトルは別々なものの、まともじゃないところは見事に一致していた。

「匂うナ。いけにえの匂いダ」

愛作が嗜虐とあだ名をつけた男がギザギザの歯をニイッと見せる。

「覗き見はいけないわ」

誰に宛てたというわけではないという独り言の体で虚無の女が言う。

「罰が必要じゃないかね。みんなが腹を抱えて笑える罰が」

滑稽の男が自分のセリフの後でブフッと吹き出す。

愛作は三人の発言に息をのむ。葉月を背後にかばいながら、横目で眼下の呉井邸の車寄せを見る。

(リムジンのそばには榊さんしかいない。この三人はあそこから一瞬でここまで来たってことだよな…)

ある推測が頭の中で構築されていく。

彼らは榊と同じ魔術師である、と。

双眼鏡で見た嗜虐の男の独り言は呪文の詠唱だったのではないか。

魔術師のセンサーにひっかかった標的のところまで転移する術を使ったのではないか。

馬鹿げた推測とは言えない。半魚人が闊歩し、住民の腕に魔術刻印がある結界の町で生まれ育った者にとって決して絵空事ではない。

「お前らの肉を二口くらい喰わせロ。それで許してやル」

「相変わらず生肉が好きね。私は少し火を通さないと嫌だわ」

「おっと、レディ。君はヴィーガンだったはずだが」

「冗談よ」

「ハハハ。君が冗談を言うとはね！　これは星辰が揃うのも近いな！」

「まず女の方から齧らせてもらウ」

嗜虐が踏み出すと、葉月が小さく悲鳴を上げて後ずさる。靴のかかとが宙を踏む。切り立ったここから落ちたら骨折どころではない。愛作が慌てて葉月の腰に手を回す。

「よシ、そのまま捕まえておケ」

「ま、待ってください！」

愛作は右手を突き出して、嗜虐の男がそれ以上近づかないよう制した。しかし、嗜虐の男はためらいなく右手にかぶりつこうと大口を開けたため、愛作は急いで引き戻す。

「御触れを破ってしまったのは俺なんです。妹は俺を止めようとついてきてしまっただけなんで関係ないんですっ」

「クレイのところの家畜はよく鳴くねえ。しつけが行き届いてない。これは罰が必要だよ。可能な限り観客が大笑いできる罰がね」

「どうでもいイ。喰うゾ」

（理屈が通じない。いや、聞く気など初めからないんだ。やっぱり魔術師って正気が壊れてる）

愛作は葉月の肩を支えて逃げようとした。後でどんな目に遭うかわからないが今ここで何もできずに喰われるよりはマシな対策を考える時間が稼げる。

「家畜に逃げるところはないよ」

滑稽の男が笑いで細くなった目を愛作たちに向けると、兄妹の左腕に激痛がはしる。

「うぎゃっ」

「いやぁっ」

かつて榊の父、簗に同じ目に遭わされた。魔術刻印をつけられた人間は魔術師の凝視によって誰が飼い主かを徹底的に思い知らされる。

「や、やめてくださ、い」

「やめろヨ。それやると肉が硬くなってまずくなル」

目的は全く違うが嗜虐の男のとりなしにより激痛は止められた。

「逃げろ、葉月…」

「お、お兄ちゃんも一緒に」

ふらふらと立ち上がる兄妹へ嗜虐の男が近づく。

「ストップだ、諸君」

聞き覚えのある声が場を制した。

細い道の向こうから、呉井榊が歩いてくる。

「さ、榊…さん」

愛作は地獄に仏を見た気持ちでその名前を呼ぶ。魔術師は魔術師でも榊は自分を家畜扱いしなかった。彼ならここをとりなしてくれる。

「なんだヨ、クレイ。邪魔するのカ」

「あなたの言いつけを守れない愚か者を面白おかしく調教しようと思っただけですよ」

二人の魔術師を軽く手で制して呉井榊は、

「こいつは私の家に出入りしていた人間だ。自分が私にとって特別な……そう、友人だとでも思い上がってこのような行動を起こしたのだろう」

(言い方はひどいけど、榊さんはかばってくれている。あのときと同じだ)

あのときとは、兄妹が呉井築の凝視『邪眼』により激痛を味わうことになった留学直前のときのことである。

「榊さん、言いつけを守らなくてすみません…」

愛作は頭を下げた。

「誰が口をきいていいと言った。下郎」

榊のグレイの目が険しくなると同時に、愛作を再び激痛が襲う。

「お兄ちゃん！　榊さん、やめてください。お兄ちゃんを許してくださいっ」

葉月がのたうち回る愛作に縋りつく。

榊は葉月には邪眼の罰を与えることはなく、愛作から視線を外した。

「とにかくだ。この少女はダメだ。別の使い道があるのだ」

（ん、榊さん。何言ってんだ、どういう意味だよ）

責め苦から解放され、荒い息を整えながら愛作の心に疑問が浮かぶ。

「ああ、そういうことでしたか。ハハハ、それは愉快ですな」

「どういう…ことですか」

三度目の拷問を覚悟した愛作の問いに答えることなく、榊は海の方に目をやる。

嗜虐の男は強くなってきた海風に飛ばされそうなキャップを軽くおさえる。榊は視線の先にある何かを確認したらしく、

「Already made a reservation」

と、吐き捨てるように言った。

（予約済み？）

葉月の手を借りて、再度立ち上がった愛作は最も苦手な光景である海を見た。

「うあああっ」

堪えきれない恐怖が背筋を駆けのぼり、叫びとなって口から出ていく。

葉月の手を思い切り握りしめる。妹も兄の手をしっかりとつかんで離さない。

葉月もまた、愛作と同じ恐怖を感じて硬直しているのだ。


その場にいた兄妹、四人の魔術師は同じものを見ていた。


曇った空をそのまま投影したような灰色の海。

水平線の少し手前。

愛作は見た。わずかな間であったが見た。

分厚い水面を割り、大量の水を滴らせて浮上する巨大な昏い緑の影を。

それは地球上のどの生物とも違う存在であった。比較する対象はないものの、海上に晒した部位だけでも二十メートル以上はあるに違いない。

部分部分を表現するならば、巨大な頭部は蛸に似ており、口元とおぼしきところには幾筋もの髭とも触手ともつかない長いものが一本一本意識を持っているかのように好き勝手に蠢いている。

また、その背中には薄い皮膜でできた細長い翼があり、肩にあたる箇所からは蟹の脚めいた前肢が伸びているがその先端は海中に没していて見えなかった。同じく下半身も水面下だがそれがどういう形態なのか想像したくもなかった。

　灰色の海の上に露わとなった部分は気分が悪くなる暗澹たる緑色をしており、その表面をヌメヌメしたゼラチンめいたものが覆っている。

（あ、あんなものが海にいるのか！）

　それだけではなかった。

　灰色の水面から次々と人間サイズの頭部が現れる。魚であり、蛙であり、人であり、そのどれでもない生き物が数十。巨影を空母とするならそれらは護衛艦の如く波間にたゆたう。

　愛作は知る由もなかったが、それらは完全に地上の生活を捨てた古い住民であり、なかには遠くの海から渡ってきた者も存在した。

　愛作の生存本能はこれ以上それを視認することは危険と判断し、目を逸らさせた。間一髪で彼の正気は守られた。

　一方で、葉月はそれに魅入られたかのように視線が釘付けになっていた。催眠術にかかったかのように全身をふらふらとさせ始める。

「葉月、ダメだっ」

　愛作は自分の体を葉月と彼方の海面のそれの間に割り込ませて、危険な凝視を遮った。

　虚ろになっていた葉月は、目をしばたたかせて自我を取り戻す。

　それらは波間に浮上して待っている。

『海辺の町』との契約の更新を待っている。

契約相手となる呉井家次期当主、呉井榊の帰還を待っていたのだ。

「グレート・オールド・ワンを待たせるのは不敬」

虚無の女の言の葉が海風に舞う。

「捧げヨ、捧げヨ、肉を捧げヨ。うまい肉はここにあル」

嗜虐の男はいともたやすく愛作の手から葉月をもぎ離した。

愛作は海に潜むものを見た時以上の恐怖を感じた。

「ま、まさか、そんな……」

「おおお、お兄ちゃん！」

痩せた体からは想像できない膂力を発揮した嗜虐の男は、葉月を俵担ぎした。

手足を思い切りばたつかせる葉月の首筋に、虚無の女のシルクに包まれた手が触れると、葉月はぐったりとなった。

「葉月！　葉月！」

半狂乱になって奪い返そうとする愛作の前に滑稽の男が立ち塞がる。

手にしていた傘の先端を愛作の胸に突きつけて、満面の笑みを浮かべた。

「神聖ないけにえに触れないでね。いけにえが穢れると神のご機嫌を損ねるから」

滑稽の男は、傘を軽く押し出した。先端が愛作に接触する。

ビキビキビキッ

接触した半径二センチから全身に衝撃波のようなものが拡がり、体の自由が利かなくなり、仰向けにひっくり返ってしまう。

「君は硬くてまずそうだ。いけにえ不合格。ハハハハハ」

笑い声が響く。愛作は起き上がろうと試みるが体はまるで言うことを聞かない。

榊の冷たい声が降ってくる。

「愛作…とか言ったか。この娘は留学前から生贄候補として目をつけていた。だから兄のお前を通じて、この娘が呉井家と親しい存在だと町の『支配層』に認識させた。私が不在の間に戯れに殺されでもしたら儀式が台無しだからな」

榊の本音に愛作はショックを受けたが、それどころではなかった。葉月が生贄にされるなど断じて認められない。

「用済みのお前はここで殺してもいいが…」

そこで言葉を切った榊は、面白いアイデアを得たらしく唇を歪めて続けた。

「お前は大切な生贄の世話係として役に立った。その褒美にいけにえまつりの特等席を用意しておいてやろう。妹を取り返そうだなんて思うだけ無駄だということは既に理解しているな？

まつりの場所は岬の突端だ」

「ま…待て」

嗜虐の男がブツブツと何かを呟いている。それは彼らが呉井邸からここに転移してきた時に、双眼鏡越しに見た転移魔術の詠唱だと気づいた。

（葉月が、葉月が攫われる）

「ハハハ。いけにえまつりに立ち会えるとは光栄だ。クトゥルフの子に謁見できるとは魔術師冥利に尽きるってものさ。楽しみで笑いが止まらないよ」

滑稽の男がそう言って、全く笑ってない目でウインクした。

ボシュッ

化学薬品が爆ぜたような音とともに魔術師たちは転移する。金縛りで身動きが取れない愛作はその場に独り取り残された。

第五章 いけにえまつり

Chapter 5

数分の間金縛りにあった遅れを取り戻すべく、愛作は力の限り駆けていた。

おぞましい祭儀は今この瞬間も着々と進んでいるのだ。

一刻も早く岬に辿り着くことだけを考えて必死に両足を動かす。魔術師たちとともに転移した妹もそこにいるに違いない。こんなに一所懸命に走ったことはなかった。

海風と波の音に車の走行音が混じる。今日は住民の仕事は休みとされ、車を運転する者はいないはずである。

背後から近づいてきたトラックのクラクションが鳴る。振り返ると、運転席の窓枠からおっちゃんが顔を出していた。町の住民ではないおっちゃんは御触れを知らずに定例の配送に来たらしい。

愛作は横で停車したトラックの助手席に飛び乗る。

「おっちゃん、頼む。岬まで大至急行ってくれ！」

普通なら先ず理由を聞くところだが、おっちゃんは先にアクセルを踏み、トラックを発車させる。愛作の尋常ではない気迫に圧倒されたようだ。

「息が上がってるぞ。飲め」

ドリンクホルダーから未開封のペットボトルのお茶を抜いて渡してきた。

愛作は何も言わず、喉を鳴らして半分ほどを一気に飲む。

「んじゃ、わけ話せ」

パニックに陥りそうな緊迫した状況の中で、上手く伝えられたかわからないが、おっちゃんは黙って愛作の話に耳を傾けていた。

突然、トラックが右折した。

「ちょっ、岬はまっすぐだよ」

抗議を無視してトラックは数百メートルを走り、愛作の自宅前で停車した。

「うちに寄ってる場合じゃない。一刻を争うんだ！」

おっちゃんはシートベルトを外す。

「葉月はお前の大切な妹だが、ご両親の大事な娘でもある。お父さんお母さんに知らせないでどうする」

反論を許さない断固とした口調に、愛作も渋々トラックを降りた。

「お前ひとりで立ち向かってなんとかなると思ってるならそりゃ自惚れだ」

おっちゃんの分厚い手が背中をバンと叩く。

「だから頼れる人がいるなら頼れ。困難なことだって同じ気持ちの人間が集まれば突破できるかもしれん」

おっちゃんは玄関に向かった。

「葉月が！」

リビングで愛作の話を聞いた母は絶望の表情を浮かべた。

「榊さんは生贄の提供なしに『神さま』と契約するための魔術を習うと言って留学したんだ。俺はその言葉を信じたいけど！　帰ってきた榊さんは言ってることとやってることが全然違う……」

両親に対しては言葉を選ばず言える。おっちゃんが一度自宅に寄ったのは、愛作が家族に対しては本音で話せて今一度考えを整理できることを期待しての行動だったと気づいた。

母と同じく蒼ざめた顔の父は腕組みをして話し出した。

「前回のいけにえまつりの時、父さんは二十歳ちょっとだった。そのとき、生贄に選ばれたのは父さんの…」

そこで咳払いを一回挟んで。

「恋人だった」

と、呟く。

「えっ」

反射的に母を見てしまう。母は、全部知っていると示すように頷く。

「呉井築が彼女にこう言った。**若くて活きが良いな。使ってもよいな**」

「そ、それ、俺も……」

聞き覚えがあった。留学前の榊と最後に会った呉井邸で同じ人物が言った。

――あれらは若くて活きが良いな。使ってもよいな。

「数日後、彼女の家を『支配層』が襲撃した。父さんは町外に買い出しを命じられて留守だった。帰ってきた時には全てが終わっていた」

父はリビングの大窓へ近づく。外の様子を窺ったのか、今の顔を誰にも見られたくないのか。おそらく両方だろう。カーテンを握る手が震えている。

「拉致される彼女を守ろうとした彼女の両親は、抵抗した際に命を落とした」

「そ、それで父さんはどうしたの？」

父の背中がビクンと震えたのがわかった。

「まつりのあとだ、諦めろ。そう言ったやつをぶん殴った。そこにあった金属バットを手に外に飛び出したのは覚えている……。次の記憶は病院のベッドの上だ」

『支配層』に低姿勢で、家族には温和な鮮魚の卸売り業者。初めて聞く父親の凄絶な過去は、愛作の父に対するイメージを一瞬で塗り替えるインパクトがあった。

「そのとき病院勤めだった母さんと知り合って結婚した。そして、お前や葉月が生まれた。気が付いたら失いたくないものばかりになった。そして、この町で上手に生きていくことを選択した」

「葉月を取り戻さないと」

愛作の訴えに父はパンと自分の顔を両手で挟むように張った。

「次にあらがう時は家族のためだと決めていた。これ以上、人の命を弄ぶ町の掟には従えない」

振り返った父の顔には二十数年越しの苦悩が刻まれている。

「お父さん、俺もご一緒させてもらっていいですか。こう言ったらなんだが、愛作と葉月は、俺の…そうだな、かわいい弟子なんです。放っておくわけにはいかないんですよ」

ずっと目を瞑って話を聞いていたおっちゃんは、嫌とは言わせませんよ、と続けた。

父と母は深々と頭を下げた。

愛作は自分が泣いていることに気づいた。


「俺、先に行くよ」

急ぎ突撃の支度を始めた両親とおっちゃんに声をかけた愛作は、榊ともう一度だけ話し合いたい気持ちを打ち明ける。

「榊さんは、留学に行く直前の二年前に、生贄の提供なしに『神さま』と契約するとはっきり言っていた。本心では半魚人を嫌っているんだ。新しい時代にふさわしい『神さま』との契約をしてくれるはずなんだ」

その『神さま』らしきもの、海面から浮上した巨大な上半身は一般に考えつく神の姿とは程遠いが、外見で判断してはいけないというおっちゃんの教えを信じたい。契約交渉次第では葉月を解放してくれる可能性はある。

「危険だ。呉井家を信用しすぎている。榊はあの簗の息子だってことを忘れるな」

「息子だから父親と同じだって決めつけていたら話し合いもできないよ。榊さんと俺は少なくとも話ができる仲なんだ。だからさ、可能性があるなら賭けてみたい。それに、俺が榊さんと話し合いしている間、準備する時間も稼げるだろう？　やる価値はあるさ」

「愛作…あなた一人を行かせられない。母さんもついていくわ」

いつのまにか母の身長を追い抜いた息子は、しっかりと母の細い両肩に両手を置き、

「母さんは父さんとおっちゃんの支度を手伝ってよ。母さんがチェックしないと、忘れものがありそうで心配なんだ」

と、言って笑った。

「言うじゃねえか。しっかり呉井の坊ちゃんを説得しろよ。期待はしてねえけどな」

「おっちゃん、世話になったね」

「阿呆（あほう）。そういう言い方するんじゃない」

笑顔のまま愛作は玄関を出て、自転車にまたがった。

トップギアでペダルを踏みこむ。

『海辺の町』の岬は沖に向かって長靴のようにのびた形状から『イタリア岬』と呼ぶ住民も

いる。海抜五メートル、横幅は平均二十メートル、長さ百メートルはあるだろうか。

先端部には高さ六メートル程の小さな灯台が立ち、港を出入りする漁船を見守っている。

しかし、今、ここは忌まわしい祭祀場に変じて、西の水平線に沈み始めた最後の陽光に照らされた灯台は毒々しいオレンジ色に染まり、見る者の正気を少しずつ溶かす瘴気に包まれていた。

漁港に接した岬の根元にあたる場所には時代錯誤のかがり火が焚かれ、『支配層』に属する者だけが集うことを許されている。

いや、自転車を減速させずに走り込んできた異分子がここに一人いた。

半魚人たちは、それが水揚げした魚介類をトラックで運搬する生真面目な男の息子だと認識するや、場違いな闖入者を袋叩きにしようと詰め寄る。

「どけえっ！」

少年は自転車を更に加速させ、半魚人たちが包囲を完成する前にその場を突き抜けた。

人間の小僧とたかをくくっていたことが彼らの失態を招いた。

慌てて追う者もいたが、半魚人の二足歩行は人間よりもやや遅い。猛スピードの自転車に追いつくことはできなかった。

灯台の整備に軽トラックが入ることもあることから岬は根元から先端部まで車一台分は通れる幅がコンクリート舗装されており、そのおかげで自転車は無事に先端部の円形のスペースまで突入できた。

軋むブレーキ音に続き、スタンドを立てずに放棄された自転車のけたたましい音が波の音を遮る。

「葉月っ！」

少年の声に応える者はいない。円形スペースには四人の魔術師、車椅子に括りつけられて座る老魔術師、輿を担いだ十人の半魚人。そして……。

輿の上に横たわる純白の帷子をまとった祭祀姿の生贄、葉月は兄の呼びかけにも目を開かない。

愛作は物怖じすることなく、いけにえまつりを執り行う若き魔術師たちに対峙する。

「特等席を用意するとは言ったが本当に来るとはな。フン、己の無力を再確認して、益々この町に奉仕するというなら褒めてやらんでもない」

「榊さん、俺はあなたがこの町を出る前に聞いたことを信じたいんだ。生贄なんか提供せずに『神さま』と契約して、過去の因習とさよならするといった言葉を」

愛作は改めて榊を正面から見た。

町の掟や階級制度は無視する。絶対に妹を取り戻す。

やや気圧されたかに見えた榊だったがそれも数秒の間であった。

「…甘えた理想論は愚か者を生み出してしまう。私は古来の慣習に従い、新鮮な生贄を用いて神との契約を延長する。異論は許さん。身内であろうが下郎であろうがだ」

魔術師は自身の斜め後ろ、車椅子に拘束された老人を一瞥した。

(身内であろうが？　異論を唱えてたのは榊さん、あんた自身じゃないか)

と、愛作は心の中で叫んだ。

老人、呉井築は、

「ア、アア」

と、しわがれ声で何かを言おうとする。アームレストから枯れ木のような片腕がよろよろと上がる。

その腕を嗜虐の男がつかんで強引に元に戻す。

「クレイの祭祀が終わるまでおとなしくしてることダ」

「小娘ひとりの命で町の命脈が保たれる。コストパフォーマンスは最高だ」

榊は愛作の左腕の辺りを凝視する。

今日三度目の魔術拷問による激痛が愛作を襲う。しかし、もはや痛みだけでは彼の膝を折ることはできなかった。

「効か…ないですよ。へ、へへ」

激痛をものともせず不敵な笑みまで浮かべた愛作に、三人の男魔術師は驚きの表情を返した。

魔術刻印を通じて全身に走る痛みが一分も続けば、大人でも号泣して二度と逆らわないと平伏してきたものだ。

邪神の力の一部を行使する権限を与えられた魔術師たちにとって、それは懲罰の鞭(むち)であり、威厳を保つのに必要な抑止力であった。

しかし今、ただの少年がその支配を跳ねのけつつある。それは邪神の力の限界を示すことになり、愚かな人類の上に君臨してきた魔術師のアイデンティティを激しくぐらつかせた。

愛作は徒手空拳でありながら『支配層』に勝利した。もっとも、何が起きても虚無(ニヒル)の女魔術師だけは心ここにあらずの態度を貫いていたが。

「興味深い人間だナ。喰(く)えばレベルアップできるカ？」

嗜虐の男が一歩踏み出した。

「お願いです。こんなことはやめてください。俺たちと同じ人間の榊さんならわかってくれるはずです！」

「同じ…だと。愛作、その言葉を後悔させてやる。おい、このガキは喰い殺していいぞ。妹の方は裸に剝(む)いて灯台に吊(つ)るせ。そっちは『神さま』が喰う」

愛作の真摯な訴えは榊の逆鱗(げきりん)に触れてしまった。

嗜虐の男が獣めいた表情で愛作の全身を舐(な)め回すように観察する。

「どこから喰おうかナ。頸(くび)カ、腕カ、脇腹カ」

「いけにえまつりの前菜はお前だ。愛作」

愛作の中に最後まで残っていた糸一筋分の希望が途切れる。彼が知る呉井榊はもういない。話し合いの道が閉ざされたのならどうするか。戦うまでだ。

（父さんも戦ったんだ。俺も戦う！）

血筋だろうか。運命だろうか。

二十数年前、父親の胸にともった激しい闘志が、その息子にもしっかりと受け継がれていることをこの場にいる誰がわかっているだろうか。

「榊、いや、くそったれクレイ。今から死ぬ気で暴れてやるからな。何がいけにえまつりだ。葉月は絶対に取り戻す！」

腹の底から絞り出したその一言は、愛作の『支配層』に対する訣別宣言となった。

古く昏い因習の束縛から完全に解き放たれた愛作から恐怖と隷属の刷り込みがきれいに剝がれ落ちていく。

その時である。

洋上の彼方にあった太陽が完全に没した。それと同時に、沖合で刻を待っていた『神さま』たちが雄叫びをあげた。

それは空気を振動させる音ではなく。強力な精神波の嵐が『海辺の町』を駆け巡る。

耳を塞いで震える女、自殺衝動に駆られて二階の窓から飛び出す老人、火がついたように泣き出す赤子、海に向かい吠え猛る犬、神の威厳にひれ伏す半魚人、うっとりと耳を傾ける魔術師、そして。

脳を揺らす邪神の雄叫びに、歯を食いしばって立ち続ける少年は叫ぶ。


「うるせええええええっ！」


そのまま自分に近づこうとした嗜虐の男の顔面に頭突きを決めた。

ブガァッ、とぶざまな苦悶の声を放って嗜虐の男はのけぞる。

「葉月を返せっ！」

その場にいた全員が嗜虐の男に意識を向けた隙をついて、愛作は輿を担いでいた半魚人の一人に、自分が先ほど乗り捨てた自転車を投げつけた。

輿の担ぎ棒で両手が塞がっているため、無防備な腹に自転車の直撃をくらった半魚人の体勢が大きく崩れる。輿が傾き、その上に寝かされていた葉月の体が転げ落ちるところを走り込んだ愛作が抱きとめる。

「葉月！」

うたたねをしているような妹の顔を見て安堵する。

輿を投げ捨てた半魚人たちが愛作を取り囲もうとする。

以前の彼ならこの状況に全身が震えるほどの恐怖を感じたかもしれない。

今は違う。

おっちゃんに目線をまっすぐ前に向けろと教えられた。理不尽な目に遭いながらも愛する者のために耐えてきた父親の息子であることに誇りを持っている。

そして、幼少の頃に母に抱きしめられ泣かれたことを思い出し、それ以来封印してきた言葉を今こそ声にする。

「よう、ウオガエルども」

一瞬きょとんとした半魚人たちは、言葉の意味を理解して再び歩を進めた。

「愛作、いけにえまつりを邪魔しようとした罪を贖う前に、大事な妹が生きながら『神さま』に喰われるのを見るがいい。そうそう、前回の娘は喰われながら正気を失っていったっけな。あれは絵になった」

そう言って、榊は魔術を行使しようと腕をこちらに向ける。

愛作は葉月を抱えたまま後ろに跳んだ。

葉月を地面に横たえるや、素早く老人のもとに走り寄り、車椅子にもたれた老人の首に後ろから腕を回す。

「ウオガエルどもをさがらせろ。父親の首を折られたいか、クレイ」

老いて衰弱しきった呉井築を人質にとること。それがこの場を切り抜ける唯一の手だと最初から狙っていた。

老衰しているとは言え、簗も魔術師であり油断は禁物だが長ったらしい呪文を唱える前に首を圧迫してしまえばいいと踏んでの行動である。

「……この役立たずが」

榊は簗に向かって侮辱の言葉を吐き捨てた。手を振って半魚人たちに愛作の包囲を解かせる。

（ここまではうまくいった。でも葉月が眠ったままじゃここを脱出するのはハードル高いな）

「ア、アイ……アイ」

簗が声を出すや、愛作は首筋に巻き付けた腕に力を入れる。

「黙ってろ」

かつて町を支配していたこの男が、自分たちに行ってきた侮蔑や圧政を忘れたわけではない。

しかし、老人を痛めつける行為は愛作の良心を疼（うず）かせる。

「お前の父親は後で解放する。そこの魔術師どもも、ウオガエルも動くなよ」

周囲を警戒しながら、簗を車椅子から降ろす。ミイラのような外見だからというわけではないだろうが異様に軽いので助かった。皺首（しわくび）に腕を巻き付けたまま、なんとか葉月を車椅子に乗せることができた。

「おい、動くなって言っただろ。その傘置けよ」

滑稽（コメディ）の男に命じて、厄介な魔術武器である傘を手放させた。

愛作の行動は大成功続き（クリティカル）である。うまくいきすぎている。運命のダイスはいつまで彼の独り勝ちを許すのだろう。

「ほら道を開けろ。呉井築が死ぬぞ」

ゴゥロゴゥロ
コンクリート舗装の道を転がる車椅子の車輪の音と、枯れ木のような老人を引きずるように歩く音、そして愛作の道を開けるべく半魚人たちが後ずさるペタペタという足音が交差する。

「ふう、あと半分ってところか。父さんとおっちゃんはまだ来ないのかよ」


——**ヤツガクル**。


唐突に頭の中で声が響いた。

「え」

次の瞬間、天地の感覚がなくなりコンクリートに叩きつけられた。邪眼によるものとはまた別の激痛が愛作の全身に広がる。

「うあっ」

状況がわからないまま、今度は腹に蹴りが入り舗装路の上を転がされる。

「げへえ」

嗜虐の男がギザギザの歯列に長い舌を乗せてニチャリと笑っていた。

（しまった。こいつは転移の術を使うんだった）

愛作が苦労して稼いだ撤退距離をほんの一瞬で詰めてくる。魔術はチートで、そして残酷だ。

「もうころス。腕と脚全部もぎ取ってやル」

その声に被るように突如エンジン音が聞こえ、目の前まで迫っていた嗜虐の男が、ドンという激突の音とともに、愛作の視界の中で右から左に吹っ飛んだ。

入れ替わるように現れた白い軽トラックが急ブレーキで止まり、助手席から降りた父が自分の代わりに葉月を助手席に乗せ、運転席のおっちゃんが葉月の体にシートベルトをまわしてロックする。

「このまま町を出るぞ」

荷台に飛び乗る父の言葉に頷き、愛作もそれに続いた。

視界が高くなると同時に彼は信じられないものを見た。

前方から昏い緑色のロープのようなものが鞭のように飛んでくる。

それは軽トラックの前方ナンバープレートの下に潜り込んだようで、ガチンッという音とともにシャシーを固定した。

「嘘だろ……」

昏い緑色のゼラチンめいた表皮に包まれた強靭な肉の管、大人の太腿ほどの直径をしたそれは、『神さま』の触手めいた器官に間違いない。

岬の灯台の向こうから撃ち込まれた器官は、数百メートルの距離を経て正確に生贄を捕らえた。

『神さま』自身は今も変わらず沖合にその巨軀を漂わせているのだろう。

今、愛作が目にしているのは、今宵自分に捧げられる生贄を決して逃がす気はない『神さま』が遥か彼方から狙いたがわず伸ばした触手の一本を釣り竿から放った釣り針よろしく軽トラックに投じた、超常の光景にすぎない。

『神さま』は一歩も動かずして愛作たちの懸命の努力を無にしてしまった。

「この胸糞悪いものが神だと……こんなおぞましいものが！」

前回のいけにえまつりにおいて、自分の恋人をからめとったというゼラチンに包まれた肉の触手を目の当たりにして、父は嫌悪と憎しみを露わにする。

「うおおおおおおっ」

おっちゃんはギアをバックに入れ、アクセルを思い切り踏む。

タイヤがコンクリートと激しく摩擦する。しかし、気味の悪い緑色のそれはズズズと軽トラックを灯台の方へ引っ張っていく。

必死の思いで距離を稼いだはずの道をまた引き戻されていく。

フロントガラスから再び灯台が見えるや、急速にその姿が大きく迫ってきた。

「畜生、元の木阿弥かよ！」

おっちゃんが悔しそうに大声を出す。

「ハハハ、お早い戻りで。愉快愉快。やはり喜劇は最高の娯楽だよねえ」

ヘッドライトに照らされ、ショーマンのような大げさな一礼をする滑稽の男は、愛作の努力が水泡に帰したことを嘲笑うのであった。


「化け物が！」

父が鉈を片手に荷台から飛び出す。

「二度も喪ってたまるか！」

叫び声とともに『神さま』の器官へ振り下ろす。

びじゅっ、という液体がほとばしる音が耳に届く。

切断に成功したのなら、再び敵に追尾される前におっちゃんは速やかに車を動かすはずだがその気配がない。

そして、父が荷台に戻ってこない。それだけではない。クレイたちが軽トラックに迫ることなく、遠巻きに見ている理由がわからない。

「父さん？」

荷台から顔を覗かせて様子を窺う。

顔を真っ赤にした父は両手で鉈の柄に力を込め、食い込んだ刃を押し込もうとしていた。

しかし、ゼラチンと肉がグロテスクに混淆した器官がかすかに蠢くと、鉈は一瞬で押し戻されてしまう。父が全力で切りつけた箇所には浅く細い切れ込みがひとすじ確認できたが、体表に滲み出た緑色の粘液がそれを覆うや、瞬時に凝固した。

鉈の刃にはべったりと緑色の液体がこびりついていた。

「たった数秒でも『神さま』に傷をつけた力量、人間にしてはやるなと言いたい。だが無意味だ。『神さま』は傷をつけられたことすら認識しておらん。そもそも傷という概念を持ち合わせていないがな」

クレイの言葉が辺りに響く。

（人間がどうこうできるしろものじゃない）

と、灯台の向こうから触手を伸ばしている存在に畏怖を抱いた愛作におっちゃんの声が届く。

「親父さんに前回のリベンジをしてもらえたらと思ったんだが、邪神相手にはどうにも厳しかったか。こうなったら俺の切り札で行く。足元のポリタンよこせ」

愛作は荷台に置かれていた赤いポリタンクを二つ、おっちゃんに渡し、自分も残りの一つを持って地面に降りた。

「車に引火しないようにぶっかけろ。こいつは非売品の油でな。この世ならざる邪神もよく燃える」

おっちゃんが手際よく中身を触手にぶちまけていく。愛作もならう。

サラサラした飴色の油はほぼ無臭。ガソリンや灯油とは明らかに違うこんな油をおっちゃんはどうして持っていたのだろう。呉井家への配達品をくすねたのかもしれない。

『支配層』の半魚人たちがようやく事態を理解して近づいてくるが、父が猟銃を取り出して発砲すると、恐れ慄いてたたらを踏む。

「お前ら状況把握が遅いんだよ」

おっちゃんは祭祀のかがり火から火種の木切れをとった。

「でかい種火を用意しといてくれて感謝な。さあ、『神さま』のゲソ焼きだ！」

ボッという音とともに触手が火に包まれ、油をまいた部分に素早く延焼していく。

吐き気を催しそうになる悪臭が立ち込め、愛作は袖で鼻と口を覆った。

触手は軽トラックから離れて、空中でのたうち回り始める。それはなんとか鎮火を試みているように思えた。

「なにが『神さま』だ。簡単に燃えるじゃないか。燃えるごみの日か、今日は」

父が『支配層』に向かって啖呵を切る。

(全然気後れしてないな、父さん)

金属バット片手にカチコミをかけた時以来であろうその勇猛さを見て、この人の血が自分にも流れていることを誇らしいと思った。親が親なら子も子である。

「愛作、これを使え」

父が蹴って地面を滑ってきた鉈を拾う。刀身についた『神さま』の血が昏い緑の光をほのかに放っている。

「イカだかクラゲだかの化け物には効かなかったが、そこにおられる町のお偉方の体は切れるからな」

そして、自分は猟銃を魔術師たちに向け、牽制しながら、

「大振りはするなよ。コンパクトに振ってさえいれば刺身の山ができる」

と、言ってにやりと笑って見せた。そのすごみに愛作は勇気をもらい、半魚人たちは怯えを感じる。

おっちゃんはすかさず運転席に戻る。

「愛作、葉月を奪われないよう助手席のドアを背にしろ。お前も背後から襲われんで済む」

「わかった！」

半円状に遠巻きでいる半魚人たちは、親子の連係に戸惑って、誰が先陣をきるかでもめ始めていた。

燃え続ける触手は制御不能状態に陥ったのか、灯台のそばにいた魔術師たちめがけて突っ込んでいく。

「散れっ」

クレイの号令とともに、四人は散開して暴走する『神さま』から退避する。

憎々しげに愛作を睨んだ嗜虐の男の頭上を痙攣する触手がかすめた。

無表情を貫く虚無の女ですら、辺りを蹂躙する触手の動きに対応するのに全意識を向けている。

半魚人たちも触手の錯乱から逃げ遅れた二人が打ちのめされ微動だにしなくなった。

(ここにいたら俺たちも危ないし…)

そう思い、父に目をやれば、

(今ならトラックで逃げられる)

と、アイコンタクトが返ってきた。

触手をかいくぐって迫ってきた半魚人が銃声とともに吹っ飛ぶ。

「乗れ」

おっちゃんのその一言で十分だった。親子が荷台に左右から飛び乗った直後、軽トラックは急発進した。

「やったぜ」

立ちはだかる半魚人もいない『イタリア岬』の舗装路を猛スピードで走る。

振り返ると、炎に包まれた触手が灯台の一部を突き崩すのが見えた。

パワーウィンドウがおりた運転席のおっちゃんから、

「町を出るぞ」

と、今夜二度目の同じセリフが聞こえた。

「母さんは？」

「合流地点はもうすぐだ」

港を突っ切り『海辺の町』のメインロードを進むと、アイドリングしている軽自動車が待っていた。

軽トラックは減速せずにクラクションを短く鳴らす。

通り過ぎる際に運転席の母を確認した。

軽トラックが先頭を走り、軽自動車が続く。

「いいぞ、みんな無事でこの町と永遠におさらばだ」

愛作はグッと拳を握った。


「できるわけねえだロ」

「来ると思った」

嗜虐の男が荷台に転移してくるのは織り込み済みだった。

（大振りはせず、コンパクトに）

愛作の鉈をスウェイバックでかわした嗜虐の男に、父が勢いをつけた蹴りを叩き込んだ。

「ギョアッ」

荷台から落とすという狙い通り、仰向(あおむ)けになった痩身の魔術師は宙に投げ出される。

「ざまあ！」

叫んだ愛作の笑顔が固まった。

半魚人たちが数人飛びついたため、後ろを走っていた軽自動車が路肩に乗り上げて急停止したのだ。

フロントガラスは飛び込んだ半魚人に塞がれてしまっていた。次々と辺りから駆け寄る半魚人が軽自動車の前後左右を埋め尽くす。

「母さん！」

軽トラックもまた急停止したため、愛作は荷台の上で転がる。

バンッ

父が軽自動車に群がる半魚人に向かって発砲した。素早く弾を装塡し、バンッ、バンッと半魚人の壁を削り取っていくが、それを上回る勢いで町中から集まる半魚人が逃亡者である母を包み込む。

半魚人の一部は軽トラックにも向かってくる。愛作は邪神の血糊(ちのり)で光る鉈を振りかぶって荷台にのぼろうとする先頭の一人を切り飛ばす。

「最後は人海戦術かよ」

と、おっちゃんが言った瞬間、車体が平衡を失う。後輪がパンクさせられたのだ。

「しまった！」

猟銃の照準が軽自動車に集中した隙を狙われた。

おっちゃんは運転席ドアを思い切り開けて半魚人の一人を撥ね飛ばすと、路上に躍り出た。

右手には金属バットが握られており、半魚人たちを次々と殴り飛ばして迎撃する。

「なあ、こいつらこんなにいたっけ？」

「今日は多い。普段海中に生息しているのが陸にあがってきてる！」

「そうか。だから服を着ているやつと裸のやつが混じっているのか」

おっちゃんと父のかけあいを耳にしながら、愛作は鉈を振り回して母のもとへと向かう。

軽自動車のガラスが割れる音が響く。母の悲鳴。

「母さんっ。どけ、このっ」

猟銃の音が尽きる。弾切れだ。

焦りと疲れが愛作の鉈捌きを大振りにしていく。

腕が肩が複数の手で押さえ込まれる。力の限り振り払うと、次の手がつかんでくる。

父が猟銃を奪われ、その銃身を腹に叩き込まれたのがチラッと見えた。

今、動けるのはおっちゃんだけである。

「愛作ぅ、死ぬ気でもがけ！」

おっちゃんの飛ばす檄が近づいてくるのはわかるが、愛作は前後左右から潮臭い半魚人どもにもみくちゃにされて体力がもたなくなってきていた。

鉈を取り落とした。

母の軽自動車が半魚人たちによって横転させられ、メラメラと燃え始めた。

「母さん！　そんな！　嫌だ嫌だ嫌だ」

父も絶叫をあげる……いや、それは断末魔であった。半魚人たちが勝利を讃えあう。

そして、軽トラックから葉月が引き出される。

「やめろおおっ！」

状況は悪化の一途を辿る。

(『神さま』、いや、あんなのは邪神だ。邪神に喰われ、ウオガエルどもにいいようにされるのが俺たちの運命なのか。人間はそんなにちっぽけでみじめな存在なのか)

ドゴッ

葉月を拉致しようとした半魚人の脳天に金属バットが思い切り振り下ろされた。

ずるずると崩れ落ちた死体を踏んづけ、全身血まみれのおっちゃんが愛作を囲んでいた敵を薙ぎ払う。

おっちゃんは葉月を左腕一本で抱えると、愛作に向かって叫ぶ。

「葉月は俺が守る。お前は町を出ろ」

「な、なにを言…」

今まで見たことのない強烈な眼光でおっちゃんは愛作の発言を封じた。

「いいから聞け。今日来るときにな、町の結界のすぐ外を『イス研究所』のやつがうろついてるのを見た。あいつらは魔術刻印が無いんで結界を通れないが、あの魔術師どもとタメはれる力を持ってる。だから結界を通れるお前が『イス研究所』にこのことを知らせて連れてこい」

「『イス研究所』ってなんだよ」

この会話の間におっちゃんは金属バットでまた半魚人の顔面にフルスイングを決めている。

「邪神撲滅に命を懸けてる変人どもだ。界隈では『イス研』と略すらしい」

おっちゃんはドンと愛作の背中を押す。

「葉月は絶対に守る。今まで俺は嘘ついたことないだろ。今夜もそうさ」

おっちゃんは、初めて会った時と同じように笑った。目線を上げて生きていけと教えてくれた力強い笑顔だ。

「行け。ご両親のためにもお前たち兄妹は生きるんだ」

「お願いします」

とだけ言って、路肩の先の斜面を駆け上がった。

涙は出ない。そんなものを流す余力があるなら一歩でも前に足を動かす。今できる最善の道を目指して心身ともに集中するだけだ。


子どもの頃に友人たちと走り回った雑草に覆われた道を駆ける。

半魚人たちにとって歩きにくい隘路が愛作に味方した。ここはやつらに知られていない。

この道の先も『海辺の町』の結界の外に通じている。不愉快な『支配層』と顔を合わせたくない時などこの道から出入りしたものだ。

おっちゃんが言った『イス研究所』がいるかどうかは賭けになる。おっちゃんが十トントラックで入ってくる道は斜面の下の広い車道の方であり、時間もかなり経過している。

遭遇できる可能性が高いとはいえない。

(邪神と対立している『イス研究所』。今まで聞いたこともなかったけど、前からこの町を見張っていたのか。どうして今日いるんだろうか)

もう少しだ。

(榊、いやクレイが帰国したから? 魔術師たちが集まったから? いけにえまつりだから?)

おそらくはその三つの出来事によって、邪神が現れたからなのだろう。

(それとも、誰かがこの町の存在を教えた……とか。まさかな)

結界の壁が見えた。このまま一気に外へ。


「脱獄は死刑ナ」


と、そのときいちばん聞きたくない声が聞こえ、雑草の陰から突き出てきた足が愛作を転倒させた。

黒土の地面に体を打ちつけてゴロゴロと転がる。

何が起きたのか確認するまでもない。

(とにかく今は結界をくぐり抜けるっ)

愛作は転倒すら利用して前へ転がり続ける。二メートル先にゴールがある。

その機転を封じたのは愛作の右手を地面に押しつけた白いヒールだった。

虚無の女がまとうウエディングドレスの裾から覗くかたちの良い脚がグリグリとヒールに重みをかける。

「ぐっ」

手の甲の皮膚が破れて血がにじむ。振り払おうとした左手が傘の持ち手(ハンドル)に引っ掛けられ、斜め後方にねじられてしまう。腕の関節が悲鳴をあげる。

「腕が鳥の翼(チキンウイング)みたいになりましたね。もっともこのぶざまな鳥は飛べないようですが。ハハハハ」

趣味の悪い原色の三つ揃(みつぞろ)いスーツがこの場の雰囲気に全く合ってないが、それを気にするでもなく、滑稽の男は楽し気に鼻歌に興じる。

「お前がいちばん絶望する瞬間を狙ってたんだぜ」

結界の壁と愛作の間に、嗜虐の男が立ちはだかる。

「それ…」

嗜虐の男が持っていたものが、愛作に痛みを忘れるほどの衝撃を与えた。

「これカ？　元はお前の親父のもんだが拾ったからおれのもんダ」

そう言って、昏い緑色をした血にまみれた鉈をヒュンヒュン振り回した。

「クトゥルフの落とし子の血糊がこびりついたこれはもはや魔剣だナ」

「拷問道具が父親の形見というのは滑稽です。最高にエンターテインメント！」

滑稽の男はテノールを響かせてまた歌いだした。

（みんな死んでしまった？　葉月もおっちゃんもすでに……）

生きのびたのは自分だけだと思うと、心身の力は萎えていく。これが本当の絶望か、と思った時、

「しつけを始めましょう」

虚無の女が呟き、

「おれはこいつの腕と脚を全部もぎとるって決めてんダ」

と、嗜虐の男が受けた。暗い欲望をようやく満たせる喜びに全身が震えている。

「まずはその鳥の翼(チキンウイング)からなア」

血糊をまとわりつかせた刃を愛作にたっぷり見せつけながら振りかぶる。

「や、やめろ…」

絶望の中にあっても、恐怖という感情は生きていた。

何をされるのかわかっている。

頼んでも止められないのもわかっている。

誰も助けにはこないこともまた、わかっている。

愛作の視界はぐるぐると回転し、心は暗澹(あんたん)の無意識に逃げ込もうとしていた。

「……やめタ」

意外な言葉が降ってきたことで心が表層に浮上する。視界の回転が止(や)む。

ブヅン

「うソ」

意識が真っ赤に染まり、全ての感覚が灼熱に焼かれた。

どれだけの時間が進んだのかわからない。実際は数秒だろう。

愛作が再び認知を取り戻した時、最初に目に入ったのは。


嗜虐の男がぶら下げて振り子のように揺らす自分の左腕だった。


痛みが全てを現実に戻す。

獣のような絶叫が轟き、愛作はそれが自分の喉から出ているものと知った。

流れ出る血は黒土の地面を濡らす。

物心ついてからずっとあったものを喪失した、己の体が変調を訴えている。

「これがクレイの魔術刻印かア」

嗜虐の男は、愛作から奪った腕をまじまじと見つめたがすぐに飽きたのか、切断面の肉を齧った。

口の中で幾度か咀嚼して飲み込む。

「味は」

虚無の女の問いに、

「まずイ」

とだけ答えて、無造作に愛作の左腕を後方に投げ捨てた。口の周りについた血を長い舌で舐めとる。

「すぐに失血死させても面白くない。あと三回、いや、首も入れたら四回、部位切断しても失血死しない魔術(おまじない)をかけてあげるから安心してね。…ん、切断面にクトゥルフの落とし子の血糊がべったりとついてますね。ぼわっと光ってとてもきれいだ」

滑稽の男は傘の先で愛作の左肩の切断面に触れ、肉の上に魔術紋様を描いた。

「痛みはとってあげないよーだ。ほら、君は今舞台の主役だ。もっと笑って笑って」

ひと思いに殺してほしいと願った。この恐怖と痛みをあと四回味わわされるのは耐えられない。

「次、いこうカ」

「ヒッ…」

愛作はこれ以上は無理というくらいに目を見開いた。痛みでいうことを聞かない体をずりずりと動かして鉈から距離をとろうとするが徒労であった。

ゴゥロ…ゴゥロ
雑草の向こう、町の方から車輪の音が聞こえてくる。

「予定のない闖入者は喜劇をぶち壊すので嫌ですな」

ゴゥロ…ゴゥロ…ゴゥロ
車椅子に乗った老人が繁みを膝でかき分けるように現れた。

呉井築であった。

「ああ、ご老体も観たいのですね。この愉快な解体劇を。いいでしょう、いいでしょう、ロイヤルシートでご照覧あれ」

滑稽の男が車椅子の背後にまわり、ハンドルをつかんで愛作の顔が見える位置までエスコートをする。

当の愛作は呉井築の登場にも何ら心が動かずにいる。敵がひとり増えただけのことだ。

考えることをやめようとした頭の中に唐突に何者かが入り込んできた。


——アイ、アイ…。


たどたどしいが何かを伝えようとする意志を感じる。言語機能が備わってないか、退行した者がなんとか言葉をひねり出そうと努力しているような印象を受ける。

——アイ…サ…ク。

心に直接響く声が確かに自分の名前を呼んだ。

沖合の『神さま』の雄叫びのような暴力的な精神波とは違う。今呼びかけたのは壊れかけているが理性ある者の精神波だ。

(だ、誰…)

愛作の死にかけていた意識にさざ波が生じる。この声は前にも届いた。

そう、岬から呉井築を人質にとって撤退を試みた時に、

――ヤツガクル。

と。その直後に嗜虐の男が転移魔術で言葉のとおりに襲ってきたのだ。

(警告してくれたんだ……敵ではない…でも呉井築はひどい魔術師で…いけにえまつりだって元々はこいつが……)

――ヤツガクル……。

(え、もうヤツはここにいるじゃないか)

嗜虐の男は振り上げた鉈をいったん下ろした。車椅子の老人をいぶかしそうに観察している。

――ヤツガクル…コノマチノ…テンテキ…。

(テンテキ?　テン…天敵?)

――ヤツハツイニカギヲテニイレタ…クル。

呉井築が何を言っているのか、思考能力が低下した愛作には理解できない。

――トキヲカセグ…オマエダケデモ…ニゲロ…。

（あんた、一体何を…）

老人の枯れ木のような腕がアームレストから浮き、ゆっくりと三人の魔術師に向けられた。

その姿勢を維持するだけでも老人にはかなりの労苦であることが見てとれた。

「攻撃感知」

虚無の女の警告は一瞬遅く、老人の掌から三本の矢が奔った。

実体のある矢ではない。魔力で構築されたものだ。鉈や傘の迎撃を意志あるもののように潜り抜ける。

それは嗜虐の男の右大腿部に突き立つ。

それは滑稽の男の顎を下から貫いた。

それは跳躍してかわそうとした虚無の女の左目を射貫く。

三人の魔術師は声にならない叫びをあげた。もっとも、魔術の矢によって顎と口腔を垂直に貫かれた滑稽の男は口を開けなかったが。

これまでの余裕が嘘のように、三人とも苦悶に苛まれ身悶える。

「どうして…」

愛作は一言絞り出すのがやっとだったが、呉井築の理解不能な行動の理由について、自分の声で尋ねたかった。

――…ギンノタソガレメンバーハ…コノテイドデシナナイ…イマノボクデハ…ジカンカセギ

シカデキナイ…ハヤクニゲロ…。

銀の黄昏。愛作は留学前の榊が『銀の黄昏錬金術会』に入門したいと言っていたことを覚えていた。改めて魔術師たちの出自がわかったものの、今はこの好機を活かさねばならない。

ヒールで踏みにじられた右手に力を込め、芋虫のように這う。

外の世界まで二メートル。魔術で止血はされたが、すでに結構な量の血を失い、意識が途切れそうになる。滑稽の男が痛みだけ除去しなかったことにより、意識が保たれたことだけが不幸中の幸いとなって、愛作を目的に向かって進ませる。

（あと一メートルっ）

車椅子が蹴倒され、嗜虐の男が呉井築を踏みつけた。

「苦痛を与えるのは好きダ。与えられるのは嫌いダ」

愛作は築を助けることも振り返ることもせず、ただひたすらに一メートル先を目指す。

しかし、とうとう『海辺の町』と外界を隔てる結界を越え…られなかった。

何の変哲もない岩壁に見えるそれは高度なホログラフィであり、愛作がこれまで当たり前のように通り抜けてきた出入口だ。

「ギャハハハハハハハ。サイッコーに愉快すぎて苦痛も吹き飛びました！」

愕然と右手で岩肌をまさぐる愛作の背後で滑稽の男は哄笑する。

「あなたには刻印はもうないのよ」

愛作の右手が止まる。

指摘した虚無の女は魔術の矢が刺さった左眼球を、白い手袋に包まれた繊手で抉り出す。中指と薬指の間に挟んだそれを見せびらかすと、軽く手首のスナップを利かせて、愛作の目の前の地面に放った。

ベシャッと黒土に叩きつけられた眼球は水分を滴らせて、ウゾウゾと蠢きだす。

「それを体内に受け入れれば、『邪神奉仕種族』に変化するらしいわ。黒い仔山羊か、羽虫か、もしかしたらこの町の『支配層』に転生できるかもね」

「おお、レディ。あなたがそんなに長く言の葉を紡ぐことができるとは知らなんだ」

顎に穴の空いた滑稽の男は大げさに驚く。

「して少年よ。外の世界とつながる魔術刻印はお持ちですかな。なに、ガラの悪い野球帽の男に奪われてしまったですと！　それは探さないとですよ。どこです、どこにあるーんでーすー？」

滑稽の男は耳に手を当てて愛作の返事を待つジェスチャーをする。

「まずい腕は結界の外に投げ捨てたヨ。もうこいつには不要だしナ」

嗜虐の男は横たわる呉井築への暴行に飽きてしまったようだ。いや、元から衰えていた老人はすでに死んでいるのかもしれない。

「いけにえまつりは終わったのかしら」

「こいつの妹、おれが喰いたかったナ」

「クトゥルフの落とし子……ここでは『神さま』でしたか。やけどしてましたね。それはそれで愉しい見物ではありました。おっと、不敬不敬」

「落とし子を焼く精油を一介の運転手が持っていたのが気になるゼ」

魔術師たちの会話は愛作の耳に届いていなかった。ひしゃげた眼球がズリッズリッと愛作の顔に近づいていたからだ。

岩壁に辿り着くことに体力を使い切った彼は、小さな侵入者から身を遠ざけることができなかった。地面に右頬をくっつけたままの姿勢で、少しずつ距離を詰める眼球を見続けるしかない。

（もう受け入れるか。運が良ければウオガエルとして町で生きていけるかもしれない。片腕のウオガエルはまたいじめられるんだろうか）

大切な人たち全てを喪い、外へも出られない。完全に詰んでる。それなら虚無の女がくれた転生ガチャを試してみても……。

愛作は、ここまでおいで、といった体で口を開いた。

グチァ

愛作の視界を突如横切った白いブーツの底が一瞬で白い小さな塊を踏み潰した。

（あ…）

彼は左半身を上にして転がっていたので、ブーツの主は単に地面に足を置いただけなのだが彼にはそう見えた。

続けてもう片方の足が岩壁の中から現れた。

続いて。

魔術刻印のある自分の左腕がブラブラと目の前を過ぎていった。

「結界を抜けると修羅場であった」

落ち着きと分別のある大人にしか出せない色気のあるバリトンが聞こえた。

愛作は、残った力を振り絞り、その声の主を振り仰ぐ。

一人の長身の人物が三人の魔術師と対峙していた。

しなやかで引き締まった全身を覆う黒と赤の入り混じった柄のコスチュームは特撮ヒーローを想像させる。袖口やブーツカットの裾から幾条もの細いフリンジ（ピラピラ）が垂れている。

そして、コスチュームと同じ柄の覆面（マスク）をかぶっていた。ヒーローではなかった。これはプロレスラーだ。よく見えないが口元は開いているようだ。

「ようやく魔術刻印（あいかぎ）を手に入れられた。鍵にしては持ち運びに不便だが」

　と、愛作の左腕を自分の体の前で時計の振り子のように揺らす。

（こ、この人がおっちゃんの言ってた…）

「お前、『イス研究所』ね」

　虚無の女の指摘の方が早かった。

「そうか、この少年たちの背後には『イス研究所』がついていたのか。落とし子を焦がした精油を提供したのが『イス研究所』なら合点がいきますね。バットを振り回していた男が内通者だったと。うむうむ、なんという単純な脚本！」

「でもヨ、こいつはガキの腕がなきゃ入ってこれなかったみたいだぜ。間抜けすぎないカ？」

　奇抜な格好のプロレスラーは愛作の左腕を傍らに放ると、スゥっと爪先立ちになり少し腰を落とした。両手はいつでも攻撃ができるように構えた。

「邪神の使用人たる悪役（ルード）レスラーども。今夜お前たちは無事にリングを降りられんぞ」

　嗜虐、滑稽、虚無は互いの間合いをおいて散開。乱入者と戦う態勢に入る。

　プロレスラーは獲物を追いつめる肉食獣のように音を立てずに移動を開始する。

　四つの影が交差した。

　肉を打つ音、骨がきしむ音、誰かの悲鳴が立て続けに聞こえた。

　そこで限界を迎えた愛作は意識の深みから伸びてきた暗黒の手につかまれ、緩やかに沈んでいった。

第六章

廃棄坑の底で

Chapter

6

最初に意識が戻ったとき、ベッドの脇のパイプ椅子に座っていたのは二十代半ばくらいの女だった。

白シャツの上に紺の薄手のカーディガンを羽織り、同色で合わせたタイトスカートから伸びた形の良い脚を組んでいる。

愛作がベッドから上半身を起こそうとすると、女は今まで見ていたスマホを彼の顔の前にかざす。つられるようにそれに目をやった瞬間、スマホ画面から発せられた青白いフラッシュに目を射貫かれた。その途端、全身から力が抜けて後頭部が枕に落ちる。

「おはよう。そしておやすみなさい」

と、清楚な美貌にふさわしい微笑みがその時の最後の記憶だった。


「う……」

二度目の覚醒。天井の照明が瞼越しに感じられ、今が夜であることがうかがえた。

スマホのフラッシュで意識を失ってから最低数時間は経っているのだろうか。

視線を右に動かした先はペールホワイトのシェイドが閉じられており、窓外の様子は判然としない。

枕の上でそっと首を左側に傾ける。またスマホの変なフラッシュで強制的に眠らされる前に、状況を少しでも把握しておきたかった。

衣擦れの音ひとつ立てずに首をめぐらせたつもりだったが、左側に顔を向けた瞬間、額の一点に冷たい金属が触れた。

「それ以上動いたら後頭部から脳味噌ゲロさせるぞ、被検体」

低い声で言い放ったその女は最初から愛作が首を動かしたら額の中心がくる位置を予測してポイントしていたかのように、グッと銃口を押しつけてきた。

「ちょっ…」

「舌も動かすな、被検体野郎。ボクの引き金は軽いぞ」

視線を動かしても撃たれるのかを確認しようにも口がきけない状況なので、撃たないでくれよと祈りながら、自分の額に銃を突きつける相手を視界に入れる。

少しよれた感のある黒の三つ揃いスーツに身を包んだ小柄な女、と言っても愛作とあまり歳は変わらない少女が黒ぶち眼鏡のレンズ越しに道端のゴミでも見るような目で見下ろしている。

よく磨かれた黒い銃身を突きつけた腕はほどほどに力が抜けていて、彼女が言う通り躊躇いなく撃つだろうと思わせた。若い割に銃の扱いに年季が入っていることは間違いなかった。

少女は空いている方の手でショートの黒髪から突き出たアホ毛をいじりながら、

「ボクの当番の時に目を覚ますなよ…。報告するの面倒なんだよ……」

と、呟き、はふぅ、と小さく息を漏らす。その間も愛作の額にあてられた銃口は微動だにしない。低血圧なのかわからないがダウナーな態度が露骨である。

「あの。俺いったい…」

「あんたがその見てくれ通りの人間なのかどうか検査中で……結果出てないからまだ起きなくていい…ていうか命令違反してるんじゃないよ…」

少女は器用に銃を縦に半回転させ、銃把(グリップ)で愛作の顎(あご)の先端にインパクトのある打撃を見舞った。

脳が揺れて彼の意識は再びブラックアウトした。

三度目の目覚め。

愛作は瞼も口も動かさないよう注意して、まず耳を澄ます。

ヒュン、ヒュン、ビュオン

(風を切る音?)

ベッドサイドで誰かが何かを素早く振り回しているらしい。

スマホ女も拳銃女も自分が目覚めるのをよしとしなかった。それに、拳銃女は愛作が人間か邪神奉仕種族か――無害か有害か――の検査結果待ちだと言っていた。

(もう結果は出たのか?)

仮に出ていないとしたら、ベッドサイドで勢いよく振り回してる何かで殴られて三度目の失神をさせられるのは御免だと愛作は狸寝入り(たぬきねいり)を続けることにした。

しかし、一度起きてしまうと近くでひっきりなしに鳴り続ける風切り音が気になってしようがない。

（根競べだ。ヒュンヒュンさせてるやつがベッドのそばから離れるまでこのままでいるぞ）

「寝たふりしてるのきつくないんスか？」

「え？」

予想してなかった呼びかけに思わず反応してしまった愛作はビクッと首をすくめる。

「あー、安心していいスよ。自分はなからいさんやクリスみたいに君を強制的に眠らせようなんてしないし」

努めて明るく振る舞おうと配慮している感じはあるが、言っていることに嘘はなさそうだと思い、愛作はおそるおそる目を開けた。

窓から差し込む夕陽を浴びて、オレンジ色に染まった青年が片手を上げていた。

束感のある金髪ツーブロックの下で、やや吊り上がった三白眼が微笑んで細くなっている。その表情は気軽に声をかけたくなる兄ちゃんに見えるが、夕陽が照らす角度が変わると近寄りがたい悪相のにーさんにも見えてしまう。

オシャレそうに見えるが、よく見るとダサいというファッションセンスの絶妙な隙間を縫うホワイトをベースにしてところどころゴールドのアクセントが入ったジャージの上下を着て、汚れひとつないおろしたばかりのような明るいパープルのスニーカー。

その姿はこれもまた夕陽の角度によって、体育大学の学生と裏社会の新入りのどちらと名乗っても違和感がない。不思議な青年だった。

「お、おはようございます」

愛作がベッドの中から遠慮がちに挨拶すると青年は、

「夕方なんスけどね。おはようス」

と、右手に握ったものを自分の右肩にポンと乗せる。七十センチ程の長さの派手な色のそれに目が行く。風切り音の正体はこれを振るっていたのだと理解する。

「ん？　ああ、これスか。エアーソフト剣ス。知ってるスか？　スポーツチャンバラって」

「はあ…」

「どっちスか。ベッド少し起こすっスよ。その方が話しやすいっス」

笑いながらツッコミを入れた青年は、ベッドに付属したコントローラーを操作してベッドの上半身を支える部分を45度程の傾斜になるまで起こした。

そのまま病室備え付けの冷蔵庫からミネラルウォーターのミニボトルを取り出して、キャップを開けると、

「しっかり右手で持って。こぼさないように」

と、愛作の右手がしっかり握れるように渡す。

愛作は本能的にミニボトルを左手で支えようとしたがそれはできなかった。

グレイの半袖Tシャツの左肩から先は、中身がなくぷらんと垂れ下がっていた。

「……」

あれは現実だったのだ。ベッドから目を覚まし、「ひどい悪夢だった」と安堵して、損傷のない体のありがたさを噛み締めると思っていた。それは甘い認識だった。

「腕はさ、なんていうか…残念ス」

青年はパイプ椅子に腰かけると、真摯な面持ちで愛作に声をかける。

「痛くないスか？」

「痛みは……まったくありません…」

「ショックっスよね…」

開いた両脚の間で十本の指を組み合わせ、うなだれる青年が自分のことを心底気遣ってくれているのだと愛作にはわかった。

「あ、はい。ショックじゃないって言ったらウソですけど、命が助かっただけよかったです」

「命、ねえ」

青年は愛作から目を背けて呟いた。

（え、なにその言い方。お、俺生きてるよね。まさか、ここってあの世だとかないよね）

「まあ、検査の結果次第っスね。その命もいつまでのものか」

「な、な、なんですか。俺はなんかヤバい病気とかそういうのなんですか？」

額にプッと汗が浮かぶ。左手で拭おうとして、

(ああ、ないんだ)

と、あらためて自分の左腕が欠損したことを自覚し、右手の手首で拭う。

「簡潔に言うとっスね。愛作君の精神と肉体を検査してるっス。その結果によっちゃあ君はこの建物から生きて出られないっス」

「え」

いけにえまつりのあの夜に何度死んでもおかしくない体験をした。大切な人々を喪い、自身も左腕を失った。そんな目に遭ってさらにまた死ぬかもしれないと告げられる。愛作でなくとも眩暈を覚えるだろう。

「ど、どういうことです? それにここはどこなんです? 教えてくれませんか。あ、あの……」

「自分のことはサムライ君って呼んでくれっス」

サムライ君は自分もミネラルウォーターを取り出すと、ニカッと笑い、滔々と語り始めた。

語り終えたサムライ君が、ペットボトルに残っていた水の最後の一口を飲み干す。

病室に射し込んでいた夕陽は沈みかけ、窓外と室内に藍色が侵入し始めている。

照明のスイッチを入れることもなく、話した方も聞かされた方も黙りこくっていた。

愛作は今知らされた膨大な情報に押し流されそうになりながらも懸命にそれを整理している。

自分は『海辺の町』で三人の魔術師に殺されかけたところを、エンマスカラドという男に救出された。

エンマスカラドは組織『イス研究所』の腕利きエージェント。以前から『海辺の町』への侵入を狙っていたが呉井家発行の魔術刻印がなく入れずにいたところ、切断された愛作の左腕が目の前に落ちてきたので入ることができた。

『イス研究所』、略して『イス研』とは、強大な邪神の復活を阻止し、また、その奉仕種族と戦い、人類という種の歴史を少しでも長く継続させることを目的とした組織。正義の味方ではなく、人類の意地を貫く者の集まり。日本だけでなく世界中に拠点があるそうだが、邪神勢力の攻勢は強まる一方で、慢性的に戦力不足に陥っている。

この拠点にも数人のエージェントがいるという。

愛作が最初に目が覚めた時にベッドサイドに座っていた美人のお姉さんは、なからいさん。二十四歳と三百六十四日を最後に時間が凍結されたと自称している。邪神に関する古文書などを研究しており、常にアップデートされた知識は『イス研究所』のミッションに欠かせないものだそうだ。昨日と今日で言ってることが違うこともしばしばあって、正気度はふらふらと上下しているらしい。

二人目はクリス・ハートマン。愛作の額に銃を突きつけたダウナー少女。軍人の家系で幼少時から銃器戦闘を叩き込まれてきたのだそうだ。護身拳銃のデリンジャーからロケットランチャーまで使いこなすFPSの権化みたいな腕前なものの、銃がないと凡人以下というポンコツぶりも相当らしい。特に、寝起きが悪いのは特筆ものだそうだ。あと口も悪い。

そして、サムライ君は自分のことも語った。身寄りがなく、幼少期の記憶がスコンと欠落している。サムライを本名として名乗っているとのことだ。年齢は一応二十二歳としていると聞いた。剣が得意と言っており、エアーソフト剣で戦えるのかと聞いたところ、「銃刀法対策っス」と、目を細めて笑った。

「で、愛作君のことっスけどね」

邪神、おそらくクトゥルフの眷属に支配された『海辺の町』の住人、つまり愛作のことだが、深き者ども(ディープワン)と呼ばれる者の血をひいている可能性があり、愛作が意識を失っている間に『イス研究所』の異科学アプローチで分析している最中だそうだ。

あわせて、愛作の精神や記憶にクトゥルフに関する未発見の情報があるのではないかと、精神をハッキングして洗い出しを行っていたとも聞いた。こちらは残念ながら収穫なし。

それも当然だ。愛作は『支配層』から虐げられていた、ただの人間だ。

禁忌の魔術に通じた呉井一族ならまだしも、愛作の心身を探っても何か出てくるとは思えない。

「それっスよ。愛作君が『イス研究所』にとって何ら利益をもたらさないと知れたら」

と、サムライ君は悲し気に目線を落とす。

「利用価値のないゴミはここで殺されるんですか」

愛作は自嘲気味に返した。

「ゴ、ゴミって。そんな言い方しちゃだめっスよ！」

「言い方変えても……。さっき、ここから生きて出られないってサムライ君が言ったんじゃないですか」

「あ、そ、そうスね…」

「ここの外に出したら邪神側に『イス研究所』の情報を流すかもしれない。ましてや俺は元々『海辺の町』の人間。あなたたちから見たら敵の下僕ですものね」

「う…」

「口封じするんでしょ」

愛作は乾いた笑いを見せた。やはり自分は誰にとっても無用の存在だ。頼ってくれた妹の葉月はもうこの世にはいない。『海辺の町』には帰れず、帰る手段もない。

「…正解…ス」

「サムライ君は正直なひとですね」

そして、残酷なひとだと思った。機密情報をペラペラと話すこと自体、愛作を解放する気がないからこそできるのだから。

「俺をどうやって殺すんですか」

「…それ聞いちゃうんスか……」

サムライ君は空のペットボトルを握り潰す。そして、ぼそっと、

「廃棄坑の底っス」

「はい？」

愛作は、排気口と受け取ったので会話が微妙にかみ合わない。

「廃棄物を落とす穴っスよ。底にいる掃除屋がきれいにしてくれるんス」

自分の口は今とんでもないことを少年に告げている、その自覚はサムライ君にもあるようで顔色が青い。

「掃除屋、ですか」

そんなコードネームで呼ばれる者がいる。これまでも廃棄坑に落とされた犠牲者がいたことは間違いないと愛作は確信した。それが人間か化け物かはさておき、としてもだ。

「ありがとうございます。言いづらいこと教えてくれて」

自分に軽く会釈する愛作の姿に、サムライ君は付け加えた。

「愛作君がもし『イス研究所』のために有益な人材、たとえば戦力になれるなら落とされない」

（その可能性は限りなくゼロなのに。やはりこのひとは正直で残酷だ）

この世界に未練がなくなった愛作は、どんな運命も受け容れようと腹を決めた。

そのとき病室のドアが開くと、このベッドサイドに最初にいた女、なからいさんが覗き込んだ。

「暗くなってきたから電気つけるわ、って彼を起こしたの？」

なからいさんはドア横のスイッチをパール色のネイルをした指で押したまま硬直していた。

「何も知らないままってのもかわいそうじゃないスか」

サムライ君は振り返らず言った。その顔は昏い。

「知らないままだからいいこともあるのよ」

なからいさんは清楚な美貌に諦めの色をにじませて、スマホのフラッシュを愛作に向ける。

（この意識を失ってる間に廃棄坑に落としてくれないかな）

愛作は悲しみすらカサカサに乾いた心でそう思いながらブラックアウトしていく。


何度目かの夢。それは夢なのか、暗闇の世界に沈んだ愛作の心が思い描いた幻なのか。

ベッドサイドにいた者たちに強制的に眠らされるたびに脈絡もなく浮かぶビジョン。

それは、留学前の呉井榊が絶望と恐怖に顔を歪ませて自身の屋敷の中をミイラじみた老人から逃げ惑う姿であり、全身血塗れになったおっちゃんが灰色の海に身を投げる光景であり、微笑を浮かべた葉月が知らない町を足取り怪しくゆうらゆうらと彷徨するさまであった。

どうしてそんなものを視るのか愛作にはわからなかったが、人間の深層心理の奥底はほかの人間とつながっているのだという漠然とした思念がしゃぼん玉のように浮かび、消えた。

深層心理というものに天地があるのかは知らない。ただ、感覚として天から巨大な手がヌウッと伸びてきて愛作をつかみ上げた。その手は袖口から幾条もの細いフリンジが垂れていた。


四度目はそれまでの自然な目覚めと違い、愛作の上半身は、彼の喉元をつかんだ手によって強引に起こされた。

愛作の目に映ったのは黒と赤のコスチュームに身を包んだ長身の男。そう、いけにえまつりの夜に意識を失う前に見たプロレスラーのような男であった。

「げへっ、がはっ、ぐえ」

解放された途端、慌てて酸素を求めた気管に唾液が流れ込んで強くむせた。

右手で喉をおさえる。左手で体を支えようとして……彼の体は左半身からベッドに倒れ込んだ。彼を支える左腕はやはりなかった。

頭を支点に右腕一本でなんとか上半身を起こす。慣れない作業に心臓の鼓動が激しさを増す。

サムライ君との会話の際に、空っぽの左袖を見て諦めていたはずの感情に火がついた。

「俺の腕……」

――ブヅン

一生忘れられない、自身の体が切断される音が彼の体内で蘇る。

ブヅン、ブヅン、ブヅン、ブヅン、ブヅン……。

数秒の間に愛作は嗜虐の男の鉈によって、腕を、そして心を切断され続けた。

「あ、ああああああああ」

「さっきは大丈夫だったけど、やばいっス。正気度が低下し始めたスよ」

サムライ君が振り返って病室のドア横にいたなからいさんを呼ぶ。彼女はスマホを持ってベッドに駆け寄る。

「治療する。いいわね、エンマスカラド」

「あああああああ」

愛作は叫び続ける。右手の指で両方のこめかみを挟みこむように顔を覆っている。

「治療は必要ない。どうせ廃棄坑行きだ」

エンマスカラドと呼びかけられた黒と赤に彩られたプロレスマスクをかぶった長身の男が、なからいさんを遮る。

「あああああああ」

「ん、もう。こいつの声、銃撃戦よりうるさい…。目覚まし時計が止められないのって最悪よ
…なからい、治療したげて…」

と、黒スーツに黒ぶち眼鏡のクリス・ハートマンが起き抜けのような声で鬱陶しそうに呟く。

スーツの脇が盛り上がっているのはそこに銃があるのだろう。

「あああああああ」

愛作は叫び続ける。この部屋にいる者全てが聞き慣れている叫び、理性が急速に収縮していく時のBGMだった。

聞き慣れてはいるが好みではない、と誰もが思う。

愛作の喉をつかんで無理やり起こした男、エンマスカラドは、
パンッ
と、愛作の喉を手刀で叩く。忌まわしい悲鳴は止まった。

しかし、愛作は目を見開き、叫ぶジェスチャーを続けている。

「ミュートした」

エンマスカラドは、これでよいだろう？　とジェスチャーで示した。

「あなたね、それでいいわけないでしょ。この子、三分しないうちに精神崩壊するわ。どきなさいよ！」

なからいさんは、自分より二十センチ以上長身の男を押しのけて抗議した。履きなれたというかくたびれたパンプスで床をドンと踏み鳴らす。

「なからいさんの言う通りっス。愛作君は何も悪いことしてねえっス。ミュートしたとかなん

なんスか。その言い方」

　サムライ君はエアーソフト剣をエンマスカラドの胸に突きつけた。

「この被検体は調べた結果、ただの人間だったんでしょ…」

　クリスのだるそうな確認に対してエンマスカラドは頷く。

「『海辺の町』の住民だから少しくらいは邪神奉仕種族の血をひいていると思ったのだが。純粋な人間だとはな。精神領域に魔術が仕掛けられた形跡も記憶改ざんもなし」

　その声にはかすかに失望が含まれていた。自分が拾ってきた宝石だと思っていたものが実はただのガラス玉であったと知らされたかのように。

「…エンマスカラド、あんたさぁ…ふぅ…もう少し人間らしさが必要なんじゃない？」

　呆れたというように頭を横に振ったクリス・ハートマンの手にはいつの間にかリボルバーが握られている。

「私たち、『イス研究所』は正義の味方なんて甘ったるい存在じゃないわ。非合法な手段も使うろくでなしの集まりよ。でも、邪神が支配してる町の住民だという理由だけで、人の尊厳を踏みにじるのはどうかと思う」

　エンマスカラドの背後で、なからいさんが細く引き締まった腰に片手をあてて言い放つ。腕力なら天と地ほどの実力差があるだろうが彼女は自分の強い意志を曲げる気はみじんもない。

「邪神の血をひいてたら研究して廃棄。純粋な人間だったら機密保持のため掃除屋の餌。これで我ら『イス研究所』の秘密は守られて万歳っスか。ええ、今までもそうしてきたっスよね。自分も共犯っスから責任回避する気はねえっスが、ちょっとばかり筋が変っていうか…」

三白眼で睨むサムライ君が突きつけたエアーソフト剣から真剣と同様の殺気が立ち昇る。

クリス・ハートマンの銃も一瞬で自分に向けられるだろう。なからいは武器を携えていないので敵戦力として考えなくていいだろう。

エンマスカラドは一瞬の計算の後に折れた。この反抗的な三人を叩きのめすことは可能だが、殺してしまう可能性がある。ただでさえ厳しい対邪神戦力が減衰する。また、自分自身も負傷は免れない。愚かな選択はやめようと判断した。

「わかった。なからい、被検体の正気度回復を許可する。クリスは銃を仕舞え。サムライは殺気を鎮めろ」

なからいさんがスマホを操作しながら愛作の介抱を始める。

「正気度回復アプリは課金しないといけないのよね」

と、先ほどまでの剣幕はどこへやら、給料日前のサラリーマン的悲哀に満ちた呟きを漏らす。

「そんなこわい目で見ないでよ…。わかってるわ…もとに戻してあげてもこの被検体は結局は廃棄坑の底で掃除屋にやられるってことくらい……」

彼女にしては長いセリフだった。エンマスカラドは無言でいた。

サムライ君が腰にエアーソフト剣を差して言う。

「それでもこの世から消えるまでの数分くらいは人間の心をもって過ごさせてやりたいじゃないっスか」

サムライ君はエアーソフト剣で孫の手よろしく背中をポンポン叩きながら言う。ゴムと空気とウレタンで形成されるスポーツチャンバラの道具はつい十秒前まで確かに魔術的斬撃を可能とする呪剣であった。

「正気を失っていた方が落とされたときに幸福だと思うが。お前たちのやっていることはいたずらにあの少年に腕を斬られる以上の恐怖を与えることだと理解できているか？」

クリスとサムライ君は顔を見合わせて同時に言った。

「理解してる…」

「理解してるっス」

もし、この答えを聞いた真っ当な精神をもった人間がいたら、最も残酷なのは誰なのかの評価が変わるかもしれない。

「もう、今月の課金限度額いっぱい突っ込んで回復させる羽目になったわ。同窓会に着ていく服がぁ」

様々な冒瀆(ぼうとく)的アプリをインストールしたスマホを握りしめたなからいさんの手が小刻みに震えている。

「なからいさん、またカップ麺生活っスか。はっはっは」

サムライ君のジャージの尻にパンプスの靴跡が思い切りつけられた。

「正気度満タンの君、ちゃっちゃと立ちなさい」

焦点の合った目をぱちぱちとさせながら、愛作は周囲の四人を見回す。

「ど、どうも」

なからいさんは黒いロングヘアをふわっと振って、やや引き攣った笑顔で返す。

クリスは腕組みして一瞥したのみ。サムライ君はサムズアップした。

「お前がお前でいられるのはあと数分だ。それまでに整理しておきたいことはあるか」

エンマスカラド、覆面をかぶった男は冷徹に問う。

愛作は小さく首を振る。

「家族もおっちゃんも皆死んじゃったし、左腕は魔術刻印ごとなくなっちゃったし。俺には帰るところもない……あんな町に戻る気はないけどさ」

「ないない尽くしね…」

と、クリス。

「あ、あなた、俺を銃で殴りましたよね」

愛作はベッドから降りた。左腕がなくなったばかりの身にしては、よろめくことはなかった。

「ふん…あと一歩こっちに踏み出したら両膝撃ち抜くわよ…」

「そうなったら俺には右腕しか残らないですねっ」

「愛作君。あなた、いい体幹をしているわね。普通左腕失くしたばかりでそうバランスよく立ってられないものよ」

なからいさんが感嘆の声を上げた。

「そ、そうですか。器械体操は割と得意でした」

と、愛作は素で返す。

「そっかー。この後、廃棄坑チャレンジが待ってるけど、少しでも長生きすることをベテルギウスの旧神に祈ってるからね！」

(なんだよその、お気軽な受験がんばってね的なノリは！)

そこへサムライ君が割って入る。

「なからいさん、ベテルギウスに旧神がいるって本当に思ってるんスか？　あんな人類に都合がいい善の神様がいるわけないっスよ」

「あら、そんなことないわ。クトゥルフやハスターが復活したらきっと人類を助けに来てくれるわ。私たちの味方してくれる存在がいないなんて、そんな恐ろしいことが事実だとしたら…考えたくないわ。来月までカップ麺生活だってことも考えたくないけどね」

「なからい…先週まで旧神は存在しないから、クトゥルフにハスターをぶっつけて相討ち狙いが理想…とか言ってたよ…」

クリスが黒ぶち眼鏡の真ん中をおさえて指摘する。

「え、そう？　覚えてない。第一そんな簡単にグレート・オールド・ワン同士が戦うなんてありえないでしょう。ゲームや小説じゃないんだから」

けろっと返すなからいさんに、クリスは諦めのため息をつく。

（うーん。なからいさんって人、すごくきれいだけど、同時にすごくくたびれてる感じ。いつも数分ずれてる高級時計って言うか）

と、愛作は現状を一瞬忘れて批評した。

エンマスカラドの手が愛作の左腕の付け根に触れる。切断の時の悪夢が一瞬蘇りかけて鳥肌が立つ。

「お前の腕は惜しかった。『海辺の町』の強固な結界を通り抜ける鍵を偶然ながら手に入れたのに、あの魔術師どもと戦っているうちに取り返されてしまった」

「あの三人をあなた一人で倒したんですか」

愛作は戦闘開始とほぼ同時に意識を失ったのでその後のことを知りたかった。忌々しいがこの覆面野郎に聞くしかない。

「俺のルチャ・リブレは無敵だが三人を仕留めるところまではいかなかった。時間無制限の試合ではなかったのでな。あのまま戦っていたら、クトゥルフの落とし子と魔術師クレイまで俺一人で相手する羽目になっていた」

クレイという名を聞いて、失くしたはずの左腕がズキンと痛む感覚に襲われた。

(たしかこういう現象をファントムペインというんだっけ)

「お前の腕を持って帰れれば、クトゥルフにつながるあの町の合鍵をゲットできて、こちらの都合がいいときに襲撃できたというのに。悔やんでも悔やみきれん失態だ」

エンマスカラドの指が包帯に覆われた愛作の左肩にギリギリと食い込む。

「三人の魔術師はルチャ・リブレでほとんどノックアウトに追い込んだが、クトゥルフの落し子の触手があの場所まで迫ってきた。俺はお前の腕を確保して結界の外に一度脱出したのだが、外まで追ってきたトライバルタトゥーの魔術師がお前の体をぶん投げて俺の手からお前の左腕を叩き落とした。やつはそれを拾って結界の中に飛び込んだ。俺はそれ以上追う術を失った」

「あ、あの痛いんでやめてください」

エンマスカラドは愛作の肩をきつく握っていた手を離した。

「それでだ。魔術刻印はなくてもお前の体に何か『海辺の町』を解析する秘密があるかもしれないと、拠点に戻って遺伝子レベルからお前を検査した。クトゥルフの血を薄くでもひいていたらそれはやつの弱点を探れるかもしれないと思ったからだ。結果、お前は何一つ有益な情報を持たないただの人間とわかった」

「俺が人間だったらいけないんですか」

『イス研究所』にとっては何の意味もない」

（よくもこう人を無価値だって断言できるもんだ。おっちゃん、こんなやつらに期待したのは間違いだったよ）

「あなたがもし邪神の血をひいていたら、検査中にクトゥルフのテレパシーを受信して覚醒しちゃうかもしれなかったのね。だから目を覚ますたびに寝てもらったというわけ。ごめんね」

なからいさんが愛作を拝むようにして頭を下げた。

「お前の左腕の切断面にクトゥルフの落とし子の血がたっぷり染み込んで切断面の色は忌まわしい緑色のままだが、それが何かをしでかすことはないだろうという結論になった」

（父さんが落とし子の触手に傷をつけた時に鉈についたあれか。俺の腕を斬った時についたわけか）

愛作は切断面に目をやったが、包帯で塞がれているため今どうなっているかはわからなかった。

「まあ、お前はもういい。あの町への出入りについては別の目途が立ったからな。さあ、ついてこい。お前には最後の役割がある」

エンマスカラドは愛作に近寄ると、いともたやすく彼の体を担ぎ上げて病室のドアに向かって歩き出す。抵抗する隙を与えないあまりにも自然な身のこなしであった。

愛作も敢えて抵抗はしない。

最後の役割とは、廃棄坑に落とされて掃除屋に始末されるということだ。『イス研究所』。おっちゃんが示した希望の存在の実態がサイコパスの集まりだったという絶望も手伝って、彼は意外とあっさり運命を受け入れることにした。

エンマスカラドは廊下を進む。そのあとをついてくるなからいさんたち。一瞬優しさを見せてくれた彼女らも結局は組織の維持のため、エンマスカラドの意見に賛成なのだろう。助けようとする素振りは少しも見えなかった。

長い廊下を進み、いくつかの角を曲がり、エレベーターで下る。終焉の場所は地下にあるらしい。

小走りでエンマスカラドを追い抜いたなからいさんが首から下げたＩＤカードのようなもので廊下の壁に設置されたセキュリティロックを解除すると、シルバーメタリックの自動ドアが開いた。

くぐった先には、赤茶けた溶岩に覆われた地面と、巨大な怪物の口腔めいた黒い巨大な穴があった。

直径は十二、三メートルといったところ。底はかなり深いのか見えない。ここだけ人工物の天井に取り付けられた照明は穴の縁までを照らすだけであり、そこから先は科学の力は何も及ばないのだと想起させた。

「ここでお前の生は終わる」

淡々とした物言いはエンマスカラドがこれまで何度もそれを行ってきたのだと言外に告げていた。今日も変わらずこれまで通りにそれを実行するのだろう。

穴の深さは測れないが底に打ち付けられた際に絶命できれば余計な恐怖を味わわなくて済む。頭からうまく落ちたいと思った。

彼の体を支えていた力が消え、愛作は宙に放り出され、暗闇の中に落ちていった。


「なんで無傷で落ちちゃうかなあ」

残念ながら生きていたのだ。

暗闇に包まれた廃棄坑の底に大の字に寝転がった愛作はぼやいた。

でこぼこと突き出た穴の壁面に何度かぶつかったため、落下速度が減衰されて多少の打ち身を負った程度にとどまった。穴の底は少し湿って粘(ねば)ついている。暗くて深い穴の底だ。ヌチャッとしていてもおかしくない。

「幸運なのか？　いやいや、これは不運だ。とことんツイてない」

はるか上に見える小さな光の円は、先ほどの地下室の照明に違いない。

「中途半端に投げてんじゃねえ、覆面野郎！」

片腕ではあの高みまで登るのは不可能だ。自分の命をゴミ扱いした『イス研究所』のやつらに投げつけられるのは罵声だけだった。

光の円が少し欠けた。上の誰かが穴の底を覗き込んだのだろう。

（心配して覗いたわけじゃない。まだ生きてるよ。意外としぶといなって思ってんだろ）

腹の底が熱くなった。さっきまで即死して楽になりたいと思っていたが、自分を見下す者に対する怒りは少しだけ残っていた。

とは言え、ここが自分の終焉の場所であることは受け入れている。

「それで掃除屋ってのはどこにいるんだ。暗くて何もわからんぞ」

自身の声の反響が小さいことから、穴の底は上の開口部より広いものと思われた。

空気の流れが感じられない。ここがどこか別の場所につながっていることもなさそうである。

「おーい、掃除屋。俺はここだよ」

奪われ続けた人生の最後に残った命。『イス研究所』のやつらの目論見通りに掃除屋がこれを奪えば愛作という存在は終わる。

エンマスカラドとかいう命の恩人であると同時に、この死地に追いやった男を思い切りぶん殴れなかったのが心残りだ。

「掃除屋ぁ、どこだよ。俺を殺しに来いよ」

ここまでくると度胸も据わる。

（撃たれるのか刺されるのか燃やされるのか。どれでもいいや。ここに放置されて飢えて腐り

果てていくより全然マシだぜ）

　愛作はいつまでたっても現れない掃除屋を自ら探すことにした。右手と両足を使って立ち上がろうとした。

「お？」

　掌（てのひら）と足の裏の触れている地面が揺れた。地震の揺れではない。巨大なコンニャクの上に立とうとしてなかなかバランスを保てないような状態である。

「わっ」

　体勢を崩した愛作はうつぶせの姿勢で倒れる。体の前面が粘液めいたものに触れる。

「うげっ」

　と、鼻と口を覆ってそれから顔を背けた。

　地面と思っていたそれが意志あるものだと直感する。粘土に似たものにからめとられていく。

「え、ええ、掃除屋、最初からいた？」

　掃除屋が人間だと誰が言った？　と、脳裏でエンマスカラドが口角を吊り上げる。

　まさにダストシュートであった。廃棄坑の掃除屋はすでにあんぐりと口を開けていたというわけだ。

「スススライムかよ！」

　ゲームのエネミーの定番。たいていの場合、序盤に現れる最弱の怪物の名称を叫んだ。

序盤どころか、愛作にとっては人生最終盤であったが。

（そうか、掃除屋が底で受け止めたので転落死は免れたんだ。しかし、溶かされて喰われるエンドは想定外だって）

命なんか惜しくないと思っていたが、生存本能の命じるままに懸命にもがいて逃れようと手足をばたつかせる。うつぶせだった姿勢がクルリとあおむけになるがそこまでだった。

それは粘土めいた体軀の一部をその意志に応じて泥のように変質させることにより、愛作を己の中に取り込んでいく。背中に続いて脇腹、胸と引きずり込まれていく。

窒息したら終わりだ、と必死に頭を持ち上げるが後頭部を引っ張られて耳の辺りまで飲み込まれてしまう。すでに右腕と両脚は完全に自由を奪われていた。

それは愛作の顎と頬までを覆ってくる。まだ無事な目で必死に上を仰ぎ見る。遥か上に見える開口部の光が人生最後に見るものになりそうだった。

（『イス研究所』のやつらはもう俺のことなんか忘れてんだろうな。捨てたゴミのことをいつまでも気にしてるやつなんかいないってことか）

口と鼻を塞がれるのを数秒でも先に延ばそうと顔を持ち上げる。数秒でも生き延びたい。死んでもいいなんて思っていたのは上っ面のこと。これが最期を迎える人間のリアルだと愛作は痛感する。

不意に、川遊びで友達だと思っていたやつらが面白半分に溺れさせようとしてきたことを思い出した。

（人間は無力だな。こんなクソみたいな運命をひっくり返す力があればな）

もう目鼻口も埋没する。覚悟を決めた…がその瞬間は来なかった。

突然、背面を突き上げる力に押され、愛作は打ち上げられるように空中に飛ばされた。

掃除屋の拘束から解放された体は重力に従い、もう一度、粘土のような表面に落下する。

「わわっ」

また取り込まれるのかという予想は外れた。視界に変化が生じる。

闇に蛍光グリーンの光が灯った。それは左腕の切断部から発せられている。

「か、『神さま』の血？」

腕を斬り落とされた時に付着したクトゥルフの落とし子の血は傷口に染み込んでいた。

その光のおかげで、掃除屋の姿が見て取れた。

虹のように反射する黒い塊。粘液に覆われた全身のところどころに目のようなものが蠢いている。大きさは五メートル程であろうか。

掃除屋は体の一部を伸ばすや、光を発する切断面に触れてきた。愛作は息をのんで目を閉じた。

（あー、いよいよ死ぬのか。やっぱエンマスカラドの野郎をぶん殴っておきたかったぜ）

テケリリ

聞き慣れない鳴き声が掃除屋から発せられた。

「何、てけ…りり？」

いただきます、の意味だろうか。そうだとすればお行儀のいいやつだ、と愛作は自分の置かれた状況をよそに、そう思った。

（我、賛同）

「え？　えーと、掃除屋さんが話しかけてきてる？」

掃除屋が触れている箇所から微細な振動がその意思を伝えてきたのだと理解するまで数秒。

（同じ。我、奇妙な面をかぶった（エンマスカラド）人類に閉じ込められり。屈辱。攻撃したい）

「言葉がわかるの？」

（当然。我、人類より高度な知性あり）

「そ、そうなんだ……。まあ、おっちゃんも見てくれで判断するなって言ってたな。わかった。で、掃除屋さんはどういう経緯でここに？」

正気度を減ずることなく、異形の生物とコミュニケーションできるのは愛作が『海辺の町』

の出身だからという生い立ちだけでなく、彼自身が言うように、おっちゃんの教えが彼のなかに生きているからだろう。

　これが宇宙的恐怖の世界においていかに有効な異能であるか、『イス研究所』の面々はおろか愛作本人も気づいていない。

（我、太古よりこの星に存在せしもの。人類に害為すものとしてエンマスカラドに捕獲されり。以来、この地にて時折落ちてくる生物を糧として隷属させられり）

「掃除屋さんならこの穴を登れるんじゃないの？」

　この生物は意志の力で自身の形状を変化させられるのだ。内壁の出っ張りを足掛かりにして上を目指すことくらい簡単ではないかという当然の指摘だ。

（『イス研究所』、穴の途中に結界を張れり。我突破できず）

　愛作は上を仰ぎ見るが何も視認できなかった。

「掃除屋さんって言い方はあの野郎どもの呼び名なんだね。だとすると俺はその呼び名は使いたくない。名前はなんていうの？」

（我に個体を示す名称はない。人類は我々をショゴスと呼ぶ）

「ショゴスさん、か。俺は愛作です。よろしく」

　この後、自分を喰う相手なのだが、短い会話の中でショゴスが自分と同じく、理不尽な経緯でここにいることに共感を覚えてしまった。

（愛作の体にクトゥルフに連なるものの体液浸透を確認せり。我、関心あり）

「ああ、これはね……」

愛作は昏い緑色の光を発する部分に目をやり、ことの経緯を説明した。

ショゴスの振動が激しくなる。愛作はそれを興奮ととらえた。

（愛作、ここで我に消化されることを望むか）

「全て失くしたから死んじゃってもいいやって覚悟は決めてたのに。そんな聞かれ方されたら怖いし、嫌だなって思っちゃうよ」

そう言って苦笑した。

「未練があるとすれば、エンマスカラドにワンパン入れたかったかな」

右腕で暗闇に向かって拳を放つ。

（同じ。我、エンマスカラドに復讐（ふくしゅう）を望む）

愛作はショゴスの各所にある目と視線を合わせた。

「どうやって？」

ショゴスは愛作の左肩の切断面を自身の細胞で覆い始めた。

（この穴に捨てられし我と愛作、共生せり。我、我の生命活動と行動管制を愛作に委ねり。人類と合一することのみが上の結界を無効化せし方法。クトゥルフに連なるものの体液がなせるわざ）

「きょ、共生？　ショゴスさんの命を俺に託すって、どういう…」

（我、愛作の前肢の一本になれり。愛作、四肢を用いて登れり）

ショゴスは黒々として虹色に光る粘塊めいた体を急速に縮めて愛作の左肩に接着させていく。

「う、ああああ」


テケリリ！


廃棄坑の開口部の縁にいた『イス研究所』の面々にもショゴスの鳴き声は聞こえていた。

「……終わったみたいね…いつも思うけどこれって気分いいものじゃないわね」

クリス・ハートマンは変わらずダウナーな物言いをして廃棄坑の縁に背を向けた。黒ぶち眼鏡の奥の眠たげな眼がエンマスカラドを見た。

「クリス、俺を責めたいならそうすればいい。しかし、『イス研究所』のやり方は変わらん」

エンマスカラドは平然と告げる。それは同じ思いでいるなからいさんやサムライ君にも向けた言葉であった。

「仲良くできそうだったけど残念ス。ごめんっス」

サムライ君は穴の底に向かって合掌する。

その時、廃棄坑の中、天井の照明が届く限界の辺り。内壁の出っ張りをつかむ手が見えた。

「嘘ぉ」

それを見つけたなからいさんが両手を口にあてて呟く。

その間も両手両足を駆使して、少年は穴を登ってくる。

「あ、愛作君っス！」

「…腕、生えてるわね……なんでかしら」

サムライ君の横に立ったクリスの顔は微かに血の気がさしている。感情が死んだような彼女も大きな驚きと微かな歓迎を隠し切れていない。

開口部の縁に左手がかかる。次の瞬間、少年は生還を果たす。

「掃除屋と合体したか」

愛作の登攀の邪魔をせず、事態を見守っていたエンマスカラドは一言で経緯を看破した。

「ショゴスと人間が？　じゃあ、愛作君の左腕は…」

なからいさんの言葉を断ち切ったのは、疾風のようにエンマスカラドに殴りかかった愛作の左ストレート。なからいさんの黒髪がその風圧になびく。

エンマスカラドは右手で愛作の攻撃を外側に受け流すと同時に、愛作の右側に回り込もうとする。上手く捌いたとは言え、ショゴスのパワーはエンマスカラドの右腕をしびれさせた。

（ショゴスのパワーは侮れん。凶器の左腕はなんとか捌けた。後は脆い右半身に一撃入れ…）

しかし、愛作の左腕は人体構造を無視した角度で急速に曲がるや、そのままエンマスカラドの右肩を強打した。

「なっ……」

想定外の軌道、最初の捌きで受けたダメージも手伝い、歴戦の邪神ハンターは勢いよく吹っ飛ばされる。部屋の鋼の壁に激突した戦士はダメージを隠せず片膝をついた。


テケリリ！


（我、愉快。満足……）

と、ショゴスは愛作とその感情を共有する振動を発して沈黙した。

「フリーズ……」

愛作に銃口を向けたクリスの面貌には、先ほどチラリと見せた高揚は影も形も見えない。『イス研究所』のエージェントとして愛作にためらいなく弾丸をぶち込む覚悟があった。

「人間とショゴスがどうして合体できるの？　結界をどうやって通り抜けられるの」

なからいさんの疑問に答える必要はないと愛作は思った。

「俺にもう構わないでください。使えるか、使えないかの価値でしか判断できない人たちとこれ以上関わりたくないので」

愛作は『イス研究所』の四人に宣言する。

「邪神だ、人類だ、どうでもいいです。俺はショゴスさんと普通の暮らしがしたい」

人間の腕に擬態したショゴスが同意を示すかのようにぶるるると震えた。

「行こうか」

愛作は右掌で左腕を撫でた。

「愛作君、ちょっと待つっス」

愛作に近寄ろうとしたサムライ君は、自分に左手を向けられるや、足を止めた。

「なんです」

病室で最もくだけた会話をした仲ではあったが、愛作が向けてくる視線は冷めきっていた。

「止めないっスよ。ただ、社会で暮らすのに手ぶらってわけにはいかないって話っス」

サムライ君は財布を取り出すと、中に入っていた札を全て差し出した。

「当座をしのぐのに使ってくれっス」

「……」

十数枚の札を一瞥した愛作は、左腕をズルウと五十センチ程伸ばしてそれを受け取る。

「ありがとうございます。いつかお返しします」

そのまま外界につながるシルバーメタリックのドアに向かう背中にエンマスカラドの声がかかる。

「普通に生きていくことはかなわないぞ。お前は『こちら側』に踏み込み過ぎたのだからな」

三カ月が経った。

陽が落ちると、首筋を撫でていく風に冷たさを感じる。仕事帰りの愛作は少し背を丸めて歩みを速めた。

彼はフリーの建設作業員見習いとして働いている。偽の経歴書を提出した時、下請建設会社の担当者は怪訝な顔を隠さなかったが、今はオフィス街の再開発やマンション建設ラッシュで慢性的な人手不足のご時世である。やる気のある若手の応募を逃す馬鹿はいないと採用された。

現場では指示通りに動く。技能資格を一切持っていないため、勤務内容のほとんどが単純な力仕事ばかりだが左腕のおかげで苦労はない。

重労働を厭わぬ勤務態度が現場から評価され、それなりに報酬は得られている。

全てを失った虚無の心は体を動かすことで薄れる。

これまで『支配層』との関係の中で生きてきた愛作にとって、自身の出自を意識せずに過ごせる環境は新鮮であり、そして健全であった。

戸籍や身分証明のない彼にとって困ったのは住居を借りられないことだったが、それも現場で仲良くなった外国人の技能労働者たちとアパートのルームシェアができたことでカプセルホテル生活からさよならできた。

呪われた『海辺の町』や魔術師、『イス研究所』などを一日も早く遠い過去のものにしようと、ぎこちなくも自分の足で居場所を確保していくことが愛作の行動原理となっていた。

一方で、いけにえまつりの夜に永遠に喪うこととなった大切な人たちへの想いは片時も彼の心から零れ落ちることはなく、生き残った彼はただひたすらに心の中で冥福を祈る日々を送っていた。

自身の目でその死を見たのは母だけであるが、あの絶望的な暴力に包まれた夜を乗り越えられたのは自分だけであろう。

もちろん父、葉月、そしておっちゃんが奇跡的に逃げのびたと信じたいが、外部の介入なくあの町を脱出することはできなかっただろうと思わざるを得ない。

愛作自身、エンマスカラドが現れなければ、魔術師たちによって四肢を斬り落とされ、『支配層』に逆らった者の末路はこうなるのだと無残な最期を遂げたであろうことを考えると、彼らに同じような奇跡が起きたとは考えづらい。現に『イス研究所』が回収したのは愛作だけであった。

しかし、彼の心はどこかで、その結論を押し返したがっているのだった。

あの夜から繰り返し見る夢がある。

押し寄せる半魚人たちから葉月を守るため孤軍奮闘したと思われるおっちゃんが不敵な笑みを浮かべながら海に落ちた。灰色の波濤に赤い血が混じっていく。遺体は浮かんでこない。

そして、奇妙な微笑を顔に貼りつけた葉月が知らない道をそぞろ歩きしている光景。

その笑みは愛作の知るそれではなく、一度すべての感情を喪失してから、無理矢理その微笑だけをインストールしたように感じられた。

愛作の知らない葉月は、目に見えぬ何者かに上から糸で操られた人形のように、ゆうらゆうらと夜道の先の闇に消えていくのだ。

これは何を意味しているのだろうと自問する。

葉月やおっちゃんに生きていてほしいと願う気持ちが少しゆがんだ夢となって愛作の心を慰めているのだろうか。父が夢に出てこないのはなぜだろう。

答えを確かめる術(すべ)はない。

『海辺の町』の入口に近づくことは危険きわまりない。

警察に駆け込むことも戸籍のない自分には難しい。魔術だ、結界だと誰が信じるだろう。

無力だった。

今の彼にできることは家族やおっちゃんのことを思いながら、なんとか日々を生き延びることだけであった。

しかし、愛作は独りではなかった。

廃棄坑の底で出会ったショゴスという存在がいる。

いらないものとして捨てられた者同士、文字どおり身を寄せ合って生きている。

エンマスカラドをぶん殴って以来、ショゴスは言葉を発しなくなったが、接合部の振動を通じて意思疎通ができている。てけりり、と音を発することが増えた。

人間とショゴス、異物同士の合体がなぜできたのかと問うと、腕の切断面に染み込んだクトゥルフに連なるものの血がそれを可能にしたのだと、振動が返ってくる。

『イス研究所』を拒絶した今、愛作とショゴスは運命共同体になった。

建設現場では左腕が大活躍する。愛作はショゴスが好む肉を買い与えた。エンゲル係数は高くなるが、建設バブルの重労働でもらえる給料はそれなりに良いので問題ない。

肉の塊を左腕が吸収するときにショゴスが発する歓喜の震えは愛作の口元をほころばせた。

生活を支えあうだけではない。

絶望の未来しか与えられなかったお互いが出会ったことで開けた新たな道。これをともに歩くバディだ。互いが抱えている孤独も乗り越えていける。

いい共生関係が構築できていると愛作は思う。


まずは自分の夕飯だ。その後スーパーで豚肉か鶏肉(とりにく)を買って左腕に食べさせよう。

彼は二日に一度は通う裏通りの定食屋に向かっていた。老夫婦が経営しているその店は、素朴だが家庭的なメニューが並び、味もどこか愛作の母の手料理に近くお気に入りだった。

併せて値段はリーズナブル、アパートからそう遠くない立地も手伝って、そろそろ常連客と言ってもいいかな程度に馴染(なじ)んでいた。

老夫婦はカウンターの向こうで冗談を言い合い、混んでいない時には愛作に話しかけてくれもする。天涯孤独となった愛作にとって、心のどこかで疑似家族的な存在になりつつある。

(今日の日替わり定食は何かな。あったかい煮込みが食べたい気分)

慣れた手つきで横引きの扉を開けて、

「こんばんはー」

と、だいたい定位置にしているカウンター席の奥へ足を進める。店内には濃厚な匂いが立ち込めている。煮込み料理の気分が当たったかもしれない。

「いらっしゃい」

聞き慣れない声だった。カウンターの向こうには初めて見る中年の男が立っていた。

「あ、あれ?」

おじさんとおばさんはどうしたのだろうと聞く前に、

「今日は大事な用があるんで、私が代わりなんです」

と、言ってきた。

「そうですか」

夫婦で出かけることもあるのだろうと思い、いつもの席に座る。

(今日はいつもより人多いけどなんかひっかかるな)

四人掛けのテーブル一つ、二人掛けのテーブル二つ、あとはＬ字形のカウンター席が八つの店内はほぼ満席。愛作のお気に入りの席が空いていたのは偶然のようだ。

繁盛しているとまでいかず、閑古鳥でもない程度の客入りが居心地の良さの理由のひとつなのだが、店からすればお客が多いに越したことはない。

「何にしましょう」

お客がさらに一人入ってきた。

「今日の日替わりってなんですか」

中年の臨時店主は愛作がよく見えるように自分の背後で火にかけている寸胴鍋を指し示す。入店したときから鼻をつく匂いはその二つ並んだ寸胴鍋から漂っていた。

「ほろほろ肉のスープです。ガラが決め手なんですよ。取れたてですからね」

ぷる…ぷる…

左腕が微細な振動を起こす。

遅まきながら違和感の原因に気づいた。

ほかのお客は誰一人何も注文した様子がない。

そして、隣の席のお客から立ち込める潮臭さはなんだ。

最後に入ってきたお客はどうして出入口のカギを閉めるのだ。

臨時店主は寸胴鍋のふたを両手でそれぞれとる。

「お、お、あああ…ああああっ」

（誰が叫んでいる？）

時をおいてその声が自分から発せられていると彼が認識するまでしばしの時間を必要とした。

寸胴鍋の中では老夫婦の頭がこちらを向いていた。硬直した愛作が見ている前で、老店主の片方の目玉が零れ落ち、スープの中にぽちゃんと沈む。

「お客さんの最後の晩餐のためにぶっ殺しといたんですよ」

テーブル席の家族連れ、カウンター席のサラリーマンたちが一斉に立ち上がる。

今や店内は、老夫婦をぐつぐつ煮込んだ臭いとお客たちの潮臭さが混じり合い、吐き気を催すまでになっていた。

潮臭さは覚えがある。愛作はよく知っている。

「ようやく見つけたよ、愛作君」

『海辺の町』の半魚人たちの臭いは、彼らが前後左右の距離を詰めてくるにつれ、より濃密になる。

愛作は自身が感じた白く灼けるような怒濤の中に呑み込まれていき、一方で、彼の左腕はその震えをかつてない力強い脈動に変化させ、宿主のくびきを断った。

どれくらいの時が経ったのか。

意識がゆっくりと戻ってくるとともに、五感が復旧する。

店内は地獄絵図と化していた。

床、壁、天井には赤黒い液体や様々な色の肉片が付着している。白いのは骨のかけらであろうか。

十数人いた半魚人は全員、原形をとどめず店内に飛び散っていた。

寸胴鍋はカウンターの向こう側でひしゃげて転がっており、かつて老夫婦だったものが散らばる。その中には臨時の店主だと詐称した中年男のなめろうも混じっているのだろう。

それをやったのは自分だ。左腕だ。

過去に追いやったはずの忌まわしい記憶が刺客として現れ、今つかみかけていたささやかな幸せを蹂躙され、愛作の左腕は予想だにしなかった暴発を引き起こした。

その結果がこれである。

愛作と一心同体となったとはいえ、ショゴスは人知を超えた存在である。本来の力を解放すれば爆弾のような暴力性をこのように発揮するものだとわかった。

そこには罪悪感のかけらもない。自分の生存を脅かす、または宿主である愛作の理性が吹き飛んだら、好き勝手に暴れる。

自分の左腕は大切な相棒だが、同時にきわめて危険な災いなのだ。

ぐちゅ
ぺちゃ

がぶ

自分の足元からする異音に目を向ける。

己の左腕が床に転がった半魚人の肉片を吸収していた。これが今日の夕飯だとばかりに。

愛作は嘔吐した。

慣れ親しんだ店の床にかまわず胃の中身をぶちまけた。今さら吐瀉物が増えたくらいで店内の惨状には何の影響もない。

「普通に生きていくことはかなわない、と言ったよな」

口元を拭って振り返ると、入口にエンマスカラドが立っていた。いつからいたのかなどと聞いても答えは返ってこないだろう。

「愛作。お前は過去と訣別したつもりだろうが、やつらの手はとてつもなく長い。どこまでもお前を狙って伸びてくる」

(そうだ、現に定食屋のおじさんとおばさんだって俺が通ったりしなきゃこんなむごたらしく死ぬことはなかった)

愛作は右拳を床に打ちつけて悔いた。

このような状況にあっても落ち着いた口調でいられるのが腹立たしい。彼はこれ以上の惨劇をいくつも観てきたのかもしれない。

エンマスカラドは続ける。

「それと、その『腕』だ。そのショゴスは廃棄坑を脱出するためにお前と合体しただけだ。そいつの本質は邪神と変わらん。今もそうしてお前の意思に反して魚のたたきを美味そうに喰っていたな」

愛作の左腕は満足したと言わんばかりにぷるぷると震えた。そこには悪意はかけらも感じられなかった。ショゴスにはショゴスの常識がある。愛作の左腕以外の部分に鳥肌が立つ。

「暴走した力は過剰な破壊を生む。そして理解したと思うが、お前はその凶暴な左腕を制御できていない」

反論できない。

「今のままではいずれ大切なものまでその手で壊すことになるぞ」

恐ろしいことだった。

「どうしろってんだよ」

「『イス研究所』に入れとは言わん。ただ、俺たちとともに行動することと引き換えに力の使い方をマスターしていけばいい」

そうきたか、と思った。

「お前らに利用されるのはごめんだ。お前らは『銀の黄昏（たそがれ）なんとか』のクソ魔術師たちと変わらないイカレた存在だ」

「正解だ。俺たちは壊れている」

エンマスカラドはポケットからライターと一葉の写真を取り出す。点火したライターをガスコンロの方へ投げる。寸胴鍋が落下したためガスは自動消火されたものと思っていたがそうではないようだ。慣れ親しんだ店が消滅するのは悲しいが、この惨劇を隠すにはこれしかない。

「お前も今日少し壊れたんだ」

店内と遺体を舐めるように広がり始める火炎を背に、淡々と言ってのける覆面の男こそ邪神の使いなのでは、と頬が強張った。

男がピッと投げてよこした写真をキャッチする。

「もうひとつ、お前が欲しい情報をもってきた」

そこには警察の規制線が張られた現場の野次馬の中にいる葉月の姿があった。愛作が見たとのない黒いパーカーのフードから覗く顔は葉月に間違いない。

明らかに状況には似つかわしくない無邪気な表情で何かを見つめている妹の姿に目が釘付けになった。

「つい数日前のものだ。お前の妹は生きている」

第七章

狩るか狩られるか

Chapter

7

愛作は焼け落ちた定食屋からその足で都心に近い一角の中層ビルの前に連れてこられた。

「このビルまるごと『イス研究所』の拠点のひとつだ」

エンマスカラドはついさっき起きた惨劇を気にもかけていない口調でそう告げた。

豹の如きしなやかな長身を鮮血のような赤いシャツと上質な黒スーツに包んだ彼は、来日中の外国人プロレスラーに見える。物珍しげな視線をいくらか集めるものの、当人は慣れたもので軽く受け流している。

正面はガラスのカーテンウォールで覆われ、敷地内の地面はモノトーンの化粧石が敷き詰められているタイプの、再開発後のエリアに見られる洒落たオフィスビルである。この一棟全てが拠点というセリフが事実なら『イス研究所』には太いスポンサーがいるか、対邪神組織とは別の表の顔が収益の高い事業を営んでいるのだろう。

「こっちだ」

エンマスカラドは分厚く大きいガラスドアの正面玄関を素通りした。そのまま隣のビルとの間にある道に足を踏み入れる。後ろから怖々ついていく愛作は、

(狭い道というより広い隙間だな、これは)

と思いながら、目の前を進む鍛え抜かれた後ろ姿を上目遣いで追う。

数十メートルの隘路が終わると、両隣と真裏のビルの配置の偶然により生じた数メートル四

方の空地に出た。表通りに面した正面玄関と雰囲気が一変して、出そうな雰囲気が半端ない。夜ゆえに暗いのは当たり前として、周囲のビルの裏窓から漏れる灯りのおかげで視界は確保できるが、日中であってもろくに陽光が届かないだろうことは想像に難くない。

邪神と対峙する『イス研究所』の出入口にふさわしい、都会の死角にあるそのような寂しい場所であった。

また、その雰囲気を助長しているのが拠点ビルの裏側である。

殺風景な壁面には乾燥した茶色いツタが、ビルの地肌とも言える打ちっぱなしコンクリートをツタとツタの合間からしか覗けない程に張り付いている。日光をろくに浴びることがないこのツタは枯れたままこうして打ち棄てられたままになっているのだろう。

「表通りの正面とここのギャップがなんというか……社会の光と闇っぽいですね。ん、なんかチープなナレーションみたいなんで、今の忘れてください」

愛作が口にする印象を忘れる以前に聞いてすらいなさそうなエンマスカラドは、そこだけはツタに覆われていない堅牢そうな裏口ドアに近づいた。ドア横にある網膜認証システムとパスコードロックを次々と解除していく。

「なからいは、ビルオーナーが正面に予算かけすぎた結果こうなったんじゃないかと邪推していたな」

綺麗なのにどこか現実生活にくたびれていそうな雰囲気がある彼女らしい感想だなと愛作は

苦笑いを浮かべてしまう。

「そして初めてここにきたクリスとサムライは即座に武器を構えたものだ」

ドアの奥でガチャリと解錠する音が鳴る。

「え、なんで？　や、やっぱり出るんですか。お化け。達人はそういうのを感じちゃうんだ？」

「やつらが反応したものならもうお前も視てるんだが」

半魚人の血肉をたらふく喰らっておとなしくなっていた左腕が唐突にぴくぴくと蠢き出す。

（まさか、また化け物が？）

キョロキョロ四方八方に目をやる愛作の足元を濃褐色の小動物が走り抜ける。夜の繁華街ではそう珍しくないネズミである。飲食店から出る残飯を主食にしているため、体長二十センチ超と肥えていた。

ネズミの登場と左腕の反応がほぼ同時であったことから、愛作はネズミ型邪神奉仕種族が仕掛けてきたかと緊張する。

「あら？」

しかし、ネズミはそのままビル壁沿いの薄暗がりからどこか別の暗がりへと移動しようとしただけらしかった。

カサ、と小さな音がすると、壁面から複数本のツタが同時に剝がれた。自然なタイミングで剝がれたのではなく、そこにツタ自身の意志が介在することが愛作にも感じ取れた。

走るネズミのスピードは人間ではなかなか反応できないものだが、ツタは壁から剥がれるや、宙をスルスルと泳ぎネズミのしっぽに迫る。

ネズミもそれを察知したのか、慣れたステップでビル壁から離れる方向へ進路を変えるが、すでにその先にも別の箇所から剥がれたツタの先が通せんぼをしている。

次なる方向転換をどうするか考えたネズミの隙をついて、しっぽを捕らえたツタを皮切りに次から次へとツタがその肉付きのいい尻や後肢に追いついた。

ヂュッ
しまった、と言ったのだろうか。あがく大型ネズミの筋力と重さをものともせず、枯れツタは下半身を上にする形で獲物を宙吊(ちゅうづ)りにした。ネズミはなんとか窮地を脱しようと懸命に頭部と前肢を振るうものの、通せんぼした複数のツタがこれをからめとる。

茶色い即席の網にがんじがらめにされたネズミは、ピヂュッと気味の悪い断末魔をあげて動かなくなる。網がギュッと縮んで中身を肉も骨も関係なく粉砕するパキョッ、メギャッという想像するだにおぞましい音を連続して立てる。

固唾をのんで見守る愛作の耳にジュジュジュジュズーというこれまた何をしているか想像がつく音が届く。

(なんて残酷で、なんて貪欲なんだ。血の一滴すら地面にこぼれてない)

そして、ついさっきそれと同じことを自分の左腕も行ったのだと定食屋の記憶がフラッシュバックする。すすいだ口内を通ろうとこみあげる胃液を懸命に抑えつける。

ツタが自ら網を解いて再び壁のコンクリ露出部分へ戻ると、地面には小さくなって干からびた残骸だけが残されていた。汚れた毛織の靴下が片方だけ落ちているかのように見える。

「不幸にもここに忍び込もうとした邪神カルトや眷属(けんぞく)も同じくこいつらの養分になる。そのゴミも放っておけば、一時間もしないうちになにものかがきれいにしてくれる」

左腕がぷるると振動して伝えてきた要求を愛作は無視した。

（こいつの無軌道な食欲を許していたら、そのうち誰彼かまわず喰ってしまうかもしれない。そんなことは絶対にダメなんだ）

ビル壁のツタ、ネズミの残骸を処理するなにか、そして自分の左腕。形状やルーツが異なってもこいつらが抱えている破壊衝動とグロテスクな食欲は同じものだ。

（俺の家族、そして定食屋のおじさんたち。理不尽な死をこれ以上目にしたくない。そのためにも俺はこいつを律する強さを持たなきゃいけないんだ。それをここで手に入れる）

グッと握りしめた右の拳には人間としての決意が込められていた。

裏のビルからこぼれる灯りにかすかに照らされた視界に色がついている。

「ツタが赤に…」

ビル壁がうっすらと赤い。最初に目にしたツタの茶色は枯れたからではない。乾いた血の色だと知った。

裏口のドアを開けたエンマスカラドが中へ入るよう手を差し伸べて告げる。

『『イス研究所』へようこそ、だ」


ビルの中に入るや、だだっ広いフロアに通され、

「早速だがリングに上がれ。俺からスパーリングで一本取ったらお前の妹についての情報を教えてやる」

と、テレビで見たことがあるリングの上からエンマスカラドの声が降りてくる。四方に張り巡らされたリングロープの隙間から愛作が入れるよう、自らセカンドロープとサードロープの間をひろげて挑発的に手招きしている。

「えぇ…」

定食屋にビルの裏口と立て続けに正気度がなくなりそうな出来事を体験したばかりなのに、これまた予想外の展開に直面して困惑の声が漏れてしまう。

愛作は目の前にデン、と鎮座している四角いリングがプロレスのものかボクシングのものかもわからないくらいには素人である。また、漁師町育ちならではの基礎体力こそ同年代の都会育ちには勝るが、格闘技の経験はない。

豹のようにしなやかな鍛え上げられた肉体を持つエンマスカラドを相手に勝てる見込みなどあるわけがない。

「ちょ。これ無理ゲーでしょ。あんたが手加減してくれるとは思えない」

「当たり前だ。ひとたびリングに上がったら、たとえ殺されても文句は言えない」

「そう言われて俺が上がると思うか？」

「妹のことを知りたくはないのか」

「知る前に殺されたら意味ないだろうが」

現代社会と隔絶した『海辺の町』出身の愛作にとってすら、エンマスカラドの言うことは無茶苦茶だと思える。

「殺し合いなんてマンガかゲームの中だけだろうと思ったか？　お前はいけにえまつりの日から少なくとも三回は死に直面している事実を忘れてないか。しかも、一回はついさっきだ。もう生き死にでしか帳尻を合わせられない世界にいるんだぞ」

「そりゃそうだけど…」

いけにえまつりの夜、廃棄坑に投げ棄てられたとき、定食屋で『海辺の町』の追手に囲まれたとき。

（昔、川で溺れ死にさせられそうになったのを入れると四回か）

これはエンマスカラドが知る由もない。

「待て待て待て！　そのうち一回はあんたが廃棄坑に投げ棄てたからじゃないか」

交渉を有利に進めようと言い放つ。

「フン、そもそもいけにえまつりで俺が助けていなかったらそこで終わっていたぞ。これでプラマイゼロ、いや、俺はお前の命の恩人だ」

おとなげなくドヤ顔をしたのは覆面越しでもわかる。

「じゃ、邪神絡みならそうかもしれない。でもプロレスは殺し合いじゃないだろう。それに俺は格闘技は素人なんだからハンデをつけろよ。俺は武器ありにするとか！」

藪蛇（やぶへび）だった。エンマスカラドの双眸（そうぼう）が輝く。パン、と両手が打ち合わされた。

「凶器か！　いいぞ、チェーン、有刺鉄線バット、火炎放射用のアルコール。なんでも持ってこい。悪役レスラーの存在は観客をヒートさせる」

（観客なんていないっての）

正方形のリングのほかにサンドバッグとウエイトトレーニングの器具くらいしかなく、二方向の壁面がシャドー用の鏡張りになった道場っぽい空間には、彼ら二人がいるのみである。これがビルのワンフロアをぶち抜いた広さがあるため、寂寥（せきりょう）感が際立つ。

「凶器なら…クリスだっけ。あのガンマニアから機関銃でも借りるよ」

「対邪神格闘技ルチャ・リブレの前に素人が扱う銃など無意味だ」

リングに張り巡らされたロープに背中を預けたエンマスカラドはこともなげに言ってのけた。本気で言っているのがわかる。

（ルチャ・リブレってたしかメキシコのプロレスだったっけ。飛び技で魅せる華やかなイメージだったような。それって言うほど強いのか？）

「フン、ルチャ・リブレを侮ったか。顔に出てるぞ」

　エンマスカラドの体がロープから離れ、獲物にとびかかる肉食獣のようにつま先立ちでリングのキャンバスの上を滑るかのように移動する。

「さっさと上がれ。突っ立っているだけじゃお前の人生は一歩も進みはしない」

　愛作の嚙み締めた奥歯がギリと鳴った。サードロープに手をかけてリングの端っこに上がる。

「今の一言だけは同意するよ。俺はなんとしても妹を捜さなきゃならないんだ。左腕の力であんたにワンパン入れれば一本取ったってことでいいんだよな」

「よかろう。この前のように奇跡が二度続くことはない」

　関節技も投げ技も知らない。やれることはただ一つ。

　左腕を叩き込むことだけだ。

　自分の相棒であり、その友好的な表面のすぐ下に凶悪でおぞましい食欲を秘めた暴力の塊。

　今はこいつに賭けるしかない。

「約束は守れよ、エンマスカラド」


　ハァー、ハァー、ハッ、ハッ、ハッ。

　リングの上で大の字になった愛作は、夢中で酸素をむさぼる。いいように捻じられた全身の関節が悲鳴をあげ、硬いマットに叩きつけられた背中や腰の痛みは熱を帯びて彼を苦しめる。
三分に満たないスパーリングで全身がぐちゃぐちゃにされ、ボロ雑巾のようにリングに放置された。

（何が何だかわからなかった……）

右手首の関節が極(き)められた直後に、天地がひっくり返ってマットに投げ落とされた途端、呼吸が止まり、気が付けば頸動脈(けいどうみゃく)が締めあげられていた。もうその先のことは覚えていない。自分の体が今どこを向いているのか、エンマスカラドが次々と極めていく関節技の痛みが延焼するかのように体中に広がっていくのを感じることしかできなかった。

何度も投げられ、ひねられ、締められ。

実力差という言葉すら不必要な絶対的な強者による肉体蹂躙(じゅうりん)。

左腕の相棒(シヨゴス)の出る幕すら与えられなかった。相手に唯一対抗できる手段はしっかり見切られて的確に制圧されてしまうのだ。愛作が放ったパンチは当たらず、怪力で振り払おうとすればするほどエンマスカラドの関節技はその力を逆に利用して更に威力を発揮する。

（柔よく剛を制しすぎだろ！）

愛作は左腕を軟体化させて関節技を脱出しようとしたが、

「対邪神格闘技ルチャ・リブレ。スライムだろうが精神体だろうが一度とらえた相手は極め殺す」

の一言のもとに敗北したのである。

「お前の妹、葉月の情報はお預けだ。まあ、知ったところでこの程度の実力で追おうとするのはやめておけ」

ミネラルウォーターのペットボトルを愛作の傍らに放り投げると、エンマスカラドはトップロープに両手をかけたまま、スッと長身を倒立させてから華麗にリング下に降り立つ。

「ま、待て。それってどういうことだよ。葉月は危険な立場にいるってことか？」

体中の力を振り絞って声を上げて尋ねる。

エンマスカラドは出入口へ向かいながら、

「妹を追うことは危険度Aクラスの邪神事件に首を突っ込むこととイコールだ。足取りは『イス研究所』が追っている。今教えるのはここまでだな」

と、肩越しに答えた。

すぐにでもエンマスカラドに追いついて、知っていることを洗いざらい吐けと迫りたかったが、体がピクリとも動かない。

「葉月を見つけたら保護してくれ。頼む……」

出入口のあたりから返ってきた言葉は、

「俺がお前を廃棄坑に落としたことを忘れたか。『海辺の町』の出身者を生かしておくメリットはない」

であった。

「この野郎！」

燃え上がった怒りが痛みを超え、左腕を支えにして上半身が起き上がる。

「妹を守りたければ、お前自身が『イス研究所』のエージェントになって自分でやることだな。しかし、邪神とやりあうにはお前は凡人すぎる。左腕（ショゴス）を飼いならせないお前など、妹に会う前に惨死か精神崩壊でキャラロスト（おしまい）だ」

と、長身の男は後ろ手にドアを閉じた。少し話しすぎたかなと首をかしげながら。

がらんとした空間に独り残された愛作はペットボトルの水を半分飲んで、残りを頭からふりかけた。

（殺されずに済んだ……エンマスカラドは俺を査定したってことか。そうでなければ定食屋にやつがいたことの説明がつかない。全く歯が立たなかったのは弱いからだ。凡人だからだ。だったら『イス研究所（ここ）』で強くなる。俺には『支配層』すら倒せる左腕（こいつ）がある）

暴走の危険をうまく制御していく。

工事現場用の左腕から戦闘用の左腕にチューニングする。

邪神に関する知識を学ぶ。

クセのある先輩たちとうまくやっていく。

これを成し遂げ、使えるエージェントになれば邪神事件の現場に出られる。その方が独りで捜すより、葉月と遭遇する確率が高いのは確実だ。

（エンマスカラドたちよりも先に自分が葉月を見つけて保護するしかないんだ）

愛作は『イス研究所』をとことん利用してやると腹をくくった。

（ついでに『邪神殺し』とか呼ばれてやるのも悪くない）

遅咲きの中二病が発症しつつある愛作であった。


三カ月近くが経ち、愛作も『イス研究所』のエージェントの一員として現場に出られるようになっていた。

いくつかの邪神事件を経験して今、愛作はまた修羅場の真っ只中にいる。

「当たるだろ。頭引っ込めろ、グズ」

後頭部の髪をつかまれてコンテナの陰に引き戻される。一秒前まで愛作がひょこっと顔を出していた空間を弾丸が空気を切って飛ぶ。

つかんだ拍子にブチブチと抜けた数本の黒髪が手の中に残っているのを確認すると、クリス・ハートマンは手を振るって床に落とす。

「あんたさぁ、どこまで足手まといなのよ…」

一瞬の激昂の後は、いつものダウナーな口調に戻る。

東京湾に面した、とある埠頭の倉庫に二人はいる。

邪神カルトと結託した反社会組織のヒットマン数人と銃撃戦の最中であるが、硝煙の中で生まれ育ったクリスにとっては日常空間と同じくダウナーでいられる状況のようだ。

「ご、ごめんなさい。何人いるか確認しとこうかなって」

「…あんたを当たりやすい的にしても構わないけどさぁ。血しぶきがボクにかかるのは嫌なのよ…」

（うん、やっぱり『イス研究所』のメンバーってまともじゃないね）

あくびを噛み殺しながらリボルバー拳銃、スミス＆ウェッソンＭ３６０の回転式弾倉（シリンダー）に五発の弾丸をひとつずつゆっくりと詰める仕草はとても戦闘中には見えない。

「で、何人いたの…五人ね…ならこの装填分で終わらせる…無駄撃ちは嫌い…」

必中させればクリスの宣言通りで終わる。彼女はそれだけ自身の拳銃スキルに自信を持っているということだ。

「クリスさん、その…殺しちゃうんですか？」

眠たげに垂れ下がっていたクリスの目尻がビクッと吊り上がる。

「銃や手だけ撃って無抵抗化させるとか？　あんた、実戦舐（な）めんじゃないわよ。向こうが殺す気で来てるなら、同じ気持ちで応じるのが銃使い（ガンナー）のルールでしょうが。馬鹿」

あわせて口調も険しくなる。

この人とバディやっていくなら、『これは言わんとこリスト』を作ろう、と愛作は思った。

「でも殺すと後が面倒かな、と」

「殺せばそこで終わる。生かしたままにしたら、またどこかで新しい死体を増やすのよ。撃たなきゃ生きてる実感が湧かない。銃使い(ガンナー)はそういう生き物」

「それってクリスさんも同じだってことですよね。…まともじゃない」

「あんた、足手まといになるだけじゃなくて、くだらない問答しに来たの？　こんな平凡なやつ、バックアップとして役立たずだわ」

今日の任務は、邪神カルトの資金源となる邪神奉仕種族由来のドラッグの取引阻止である。アタッカーはクリス、バックアップに愛作が派遣されていた。

（エンマスカラドだけじゃなく、クリスさんまで俺を平凡だと言うのかよ。その評価を変えてやる。ドンパチするだけが能じゃないってところを見せてやろうじゃないの）

「少しは役に立ちますよ。俺だって」

愛作は十五メートルほど頭上にある大きな照明灯に目を向ける。倉庫の天井に五メートル間隔で四つ並んでいる。

「これから倉庫を真っ暗闇にしますから、クリスさんは敵が混乱してる間に仕留めてください」

「真っ暗闇…？　ハンドガンに暗視スコープなんてついてないって…」

「天才銃使い、クリス・ハートマンなら敵の射撃時の閃光(マズルフラッシュ)で狙撃位置がわかるでしょ」

次の瞬間、愛作は左腕を振るい、あらかじめ拾っておいた数センチのコンクリートの欠片(かけら)を天井に向かって投擲する。それは精確に四つの照明を粉砕し、倉庫内に暗黒の帳を下ろした。

ガラス片が次々と床に落ちる音と、パニックになったヒットマンたちの射撃音が交錯。黒い背景にいくつかの閃光が咲く。

愛作の隣で銃声が正しく五回聞こえ、倉庫内に静寂が訪れた。

「制圧完了…。愛作、明かり…」

空になった回転式弾倉に再び弾丸を装塡するクリスに、ポケットから取り出した小型マグライトの光を差し向ける。

「ドラッグを回収するわ…」

ヒットマンの死体が重なる方向へノロノロと歩を進めるクリス。慌てて愛作も続く。銃撃戦と愛作を叱る時以外はダウナーで隙だらけの先輩が照明の破片に足をとられないように進路を照らしながら。

「これは誰かしら…」

ドラッグを詰めたスーツケースの傍らに転がる数名のチョー＝チョー人は、倉庫に侵入して最初にクリスが射殺したやつらに間違いない。

もうひとり、知らない人物がパイプ椅子に括り付けられていた。

四十代後半とおぼしきスーツ姿の男。白髪交じりの頭髪に飛び散った血が付着し、ありえない角度に傾いた頭部が、チョー＝チョー人の嗜虐的な拷問の結果だと二人は無言で認識した。

「身元……」

銃撃戦以外は極力エネルギーを使いたくない先輩がそう言えば「身元を探れ」という指示だと愛作はすでに理解している。それに従いスーツのポケットを探ると、ドラマで見たことがあるものが出てきた。

「警察庁警備運用部警備第三課。そ、曽似屋大門でいいのかな。おまわりさんです。カルトを捜査してたんでしょうかね。ご冥福を……ふんぐるい　むぐるうなふ　くとぅるふ　るるいえ　うがふなぐる　ふたぐん……」

頭を垂れて合掌した愛作が日本語ではない言葉を羅列するや、死体を前にしても眠たげだったクリスは黒ぶち眼鏡の奥の目を見開き愛作の頭をはたく。

「あたっ」

「ば、馬鹿なの？　その詠唱の意味知ってて言ってる？」

「これ、故郷で使われてたお祈りなんですが、何かまずかったです？」

きょとんとする愛作を見て、苛立たしげに眼鏡をおさえるクリス。

（こいつ、『海辺の町』の出身だったわね……どっぷりクトゥルフ教育に染まってるし）

詠唱の意味は、

ルルイエの館にて死せるクトゥルフ　夢見るままに待ちいたり

であり、深海に没した都ルルイエで復活の時を待つクトゥルフを讃えるものである。

(敵にエール送ってどうすんの…後でなからいに再教育の必要ありと報告しておこう…)

「二度とそれ言うのやめなさいよ」

「はあ」

ダウナーなクリスが説明放棄したのを察した愛作はそれ以上を訊かなかった。

「警察庁の警備第三課が出張ってきたのね…テロや大規模自然災害の緊急事態時の担当……。日本政府は邪神事件を単なるカルト宗教の暴走とは見てない…ってこと」

「『イス研究所』と連携できますね」

クリスは愛作の無邪気な質問には答えず、

「身元が割れたこの男の家族が危ないわね……」

と漏らすのみにとどめた。


「昨日の埠頭の一件、どこも報道してないです」

スマホの画面から顔を上げると、愛作は隣を歩くサムライ君にそう告げた。

スマホは『イス研究所』から支給されたもので、愛作がこれまで見たことのないモデルであった。組織内では『イスマホ』と呼ばれている。かつてなからいさんが愛作を失神させたフラッシュ機能や正気度回復アプリがインストールされているがまだ使ったことはない。電話や会話アプリを使う友人もいない愛作にとっては、サイフとネット機能しか使い道がない。

「邪神が絡む事件はほとんど報道されないんスよ。されても反社会勢力やテロリストの抗争って形に歪曲されて流されるくらいっス」

「『マスコミ仕事しろ』、ですね」

「邪神事件を正確に報道しようって燃えてた記者やジャーナリストのほとんどが失踪するか病院のベッドに行っちゃったっス」

「あー、そういう……」

いくつかの邪神事件に駆り出されるようになって愛作も邪神界隈というものに順応するようになっていた。

「マスコミがうろちょろしない方が自分らもやりやすくていいんスよ」

ハハハとサムライ君は笑う。束感のある金髪のツーブロック、値段は高そうだが誰も着たがりそうにないホワイトとゴールドのジャージにやたら明るいパープルのスニーカー、おまけに三白眼ときたもんだから変に目立つ。

すれ違う通行人はサムライ君にぶつからないよう道を開ける。愛作はこの根っからの好人物であるサムライ君が外見のせいで誤解を受けやすいことに少し心を痛めていた。しかし、サムライ君は、

「センスがいいか悪いか、近づきたいか遠ざけたいかは他人様が決めて結構っス。自分はこれを身に着けたいなって気持ちを優先させるだけっス」

と快活に答えたものだ。愛作はサムライ君のそういうところがおっちゃんにも似ていて好きだった。

「曽似屋さんって警察の人の家族が次の標的になるんじゃないかってクリスさんが言ってました。大丈夫ですかね」

「その人、数カ月前に警備第三課の分室の室長に着任してきたばかりらしいんで、邪神カルトのケツモチにリアル化け物がいるとまでは思わなかったんスねえ。まあ前任者も大阪で失踪した翌日に南太平洋の島で溺死体で発見されたそうスから、やばいヤマだらけだってのは理解してたはずなんスけどね。仕事熱心が仇になったところはマスコミと一緒ス」

「とんでもない世界だ」

「曽似屋警視正の自宅はなからいさんとクリスが調査に行ってるから何かわかれば連絡あるっスよ」

曽似屋さんの家族も気にかかるが、葉月のことがそれ以上に心配になる。

エンマスカラドはあれ以来何も教えてくれないが、いけにえまつりを逃れた葉月が各地の邪神事件の現場で目撃されているのは事実のようだった。

愛作が生きていることを知らないとしても、誰一人頼る者がいないはずの葉月がわざわざ邪神奉仕種族の目に留まりやすい場所に何度も現れていることについて理由がわからない。一刻も早く保護したいところだが、『イス研究所』の調査員たちの網を巧みにくぐりぬけてしまうとの情報は入手していた。

そんなことを考えながら、夕方の色が濃くなってきた都内を歩く。

『イス研究所』の拠点ビルまであと少しのところでサムライ君が小さく呟く。

「振り向かずそのまま。尾けられてるス」

愛作はゴクリと喉を鳴らした。

サムライ君は最初からそちらが目的地であるかのように自然な足取りで『イス研究所』に続く道から逸れていく。愛作も気取られないようにならう。

「愛作君はいくつか事件にタッチして業界のノリに慣れたスか？」

その口調は朗らか。しかし、三白眼が微かに険しさを増してきたことで尾行者との距離が縮まってきたことを知る。

「な、慣れてきたと思います」

どうなれば、どうすれば慣れたと言えるかの基準は不明瞭だ。まだ邪神そのものに遭遇したことはなく、事件にタッチしたと言っても先輩エージェントにくっついて行動しただけでソロやアタッカーは未経験である。

一方で、敵との命のやりとりに疑問を抱く甘さは薄れつつあり、死体を見ても心臓が跳ね上がる回数は減ってきている。イスマホのセルフチェックアプリで正気度を測定しても数値はさほど減少していない。

愛作は確実に業界の住人になりつつあった。

残る懸念は左腕との共存。あの定食屋での暴走以来、事故は起きていない。愛作が左腕のパワーを使って敵を直接攻撃することを最低限にしているからかもしれない。半魚人の残骸を喜悦に震えて吸収・捕食するような事態は二度と起こしたくないのだ。自分の体の一部があれをやらかす存在であることが未だ受け入れられないでいる。

「結構なことっス。それでですね、今日の尾行者は瘴気が薄いんで人間のカルト信者っぽいス」

サムライ君は人通りの少ない裏通りにある小さな公園に足を踏み入れる。ここで始末する気だろう。

愛作は視線を配り、ブランコやシーソーで遊ぶ子どもやベンチでくつろぐ老人がいないことを確認する。巻き込まれそうなカタギの有無を確認。それがバックアップの役割だ。パタパタと羽音をたてて鳩が一羽、アルミ製のゴミ箱の上に降りてきたがこれは無視していいだろう。

公園の奥の繁み近くで足を止めたサムライ君は振り返らず、

「ご用向きはなんスか」

と尋ねた。

愛作はサムライ君の抜刀の邪魔にならない距離をとって振り向く。

品のよさそうなアラフォーの女がぽつねんと立っていた。右手にはシックなケースに入ったスマホ、左手にはスーパーのレジ袋がぶら下がっている。レジ袋から緑色の部分がヌッとつき出た長ネギと泥つきゴボウが生活感を醸し出している。

（カルト主婦とは意外な路線で来たな）

女の両手が塞（ふさ）がっているため、銃や刃物といった武器を取り出すには時間がかかるだろう。その前にサムライ君が手にしたエアーソフト剣が簡単に女を制圧できる。たとえ初めから武器を構えていたとしてもサムライ君の斬撃を防ぐことは人間には難しい。

「あんたが無防備なカッコしてても自分は絶対油断しないんでそのつもりで」

エアーソフト剣に気合が凝縮されていくのがわかる。見かけはソフトウレタン、切れ味は古刀に劣らぬ破邪の剣は愛作の左腕（ショゴス）ですら慄（おのの）きの振動を発する。

「通行人が来る前に決めるっス」

サムライ君の三白眼が糸のように細まり、その体は一気に女の左斜め前に飛び込む。

次の瞬間には首筋に峰打ちを受けた女の体はくずおれた。

（サムライ君すげえ。しかし、あっけな…）

力を失った女の手からレジ袋が落ちて灰色の地面に触れる直前、長ネギが蛇のように鎌首をもたげた。敵はレジ袋の中にあり。長ネギに擬態していた触手が槍（やり）の如く、サムライ君に襲い掛かる。

バックステップと同時にサムライ君の迎撃が奔る。

剣と触手が、

ブヂュリ　ビヂュ

という異様な音を発して交差した。

長ネギの緑色の先端部は剣閃とともに千切れ飛んだが、残りの白い部分は剣で断ち切られた部分が花が咲くように外側に五つに裂け広がり、サムライ君の頭を握り潰そうとうねうねと伸びてくる。

「サ、サムライ君！」

「大丈夫っス。それよりそっち」

サムライ君の視線が指し示したレジ袋が内側からびくびくと蠢いている。

ずる…ずる…と赤と白のツートンカラーの平たい物体が袋の口から這い出して来る。

「はっ？」

赤身の肉、白い部分は発泡トレーである。つまりスーパーで売っている肉パックがなめくじのように愛作のいる方へ近づいてきている。肉を包んだラップに二割引きの黄色いシールが貼ってあった。

（別の意味で正気度下がりそう）

きわめてシュールな光景だが笑えない。長ネギであろうが肉パックであろうがそこに込められた邪悪な意志が本物なら、危険度は半魚人や蛙に似た吸血生物ヒーモフォーらと差はない。

「愛作君、左腕を起こすっスよ」

白い繊維質の触手の変幻自在の攻撃をはじき返しながらサムライ君が声をかける。

――現場では自分の身は自分で守れ。できれば撃退しろ。『イス研究所』で働くということはそういうことだ。凡人のお前も例外ではない。実践しろ。

覆面野郎の上から目線の言葉が蘇る。

（いつまでも凡人扱いさせねえぞ。やってやる。いけるよな）

愛作は左腕をさすり出番だと合図する。ぷる、と振動が返ってきた。

二の腕の表面にいくつかコブのような隆起が生じては引っ込み、また隆起する。内側にある何か溜め込んだ力が飛び出ようとしているかのように。

ピチッという音とともにラップが裂け、赤身の肉が元の数倍の量になってあふれ出てくる。

それは秒ごとにどんどん増殖を続けた。

「牛一頭分の肉ってこれくらいかな…」

自分の前に立ち上がった赤身の肉の壁。地面にできた影は愛作を陽光から完全に遮るほどに長い。

肉の壁は愛作に向かって倒れ込んでくる。

(飲み込まれたら絶対やばいやつ!)

素早く左に回り込んで回避する。


――敵との距離をとろうとして無闇に跳んで逃げるな。着地した隙を狙われるぞ。


連日のスパーリングでエンマスカラドが言っていたことが脳内で再生される。

(忌々しいけどあいつの教えが染みついちゃってるな)

文字通り生肉が地面に叩きつけられる音がして、畳一畳分ほどの赤身肉が眼前に広がる。それは肉のマットレスのように見えた。蠢くマットレスだ。

「なからいさんに教えてもらった邪神奉仕種族に長ネギや赤身肉のやつはいなかったよ!」

愛作は、エンマスカラドとのスパーリングで体術を叩き込まれるほか、なからいさんから『イス研究所』エージェントに必要とされる邪神に関する知識を学んでいる。

彼女から聞く宇宙的恐怖を具現化した超越的存在や、脳が理解を拒否してくる異界の時空法則についての理解はなかなか進まないが、さすがに今回の相手は無いだろう。

(これに豆腐としらたきがあればすき焼きじゃないか。…あ、春菊もか)

とっさに頭を振ってその思いつきを追い出す。理屈の通じない邪神界隈、そんな発想をして混沌(こんとん)の神々や魔術師が「愉快」と受け止めたら最後、マジでその化け物が降臨するかもしれないじゃないかと。

忌々しく、おぞましく、滑稽で、錯乱していて、常識を蒸発させる。

これが邪神の君臨する世界の法則である。

「公園でスーパーの肉と戦いましたなんて言ったら、頭おかしいって思われるだろうな」

自嘲めいたセリフとともに、ずろりと再び立ち上がろうとする赤身肉の化け物に左ジャブを連打する。

ベヂン、ベヂン、ベヂッ、ボドドッ

拳の威力に肉の壁に次々と穴が空く。異界の法則によって再び生命を得た肉ではあるが、都合よく硬化しているようなことはないようだ。

「ミンチだっ」

もうすき焼きには使えないな、と思う余裕がある。

ふうっ、と息をついて左腕を戻す。ところどころ破壊された肉の壁はぐらぐらと崩れかけている。

「サムライ君、大丈夫ですかっ」

振り向くと、サムライ君の斬撃は白い触手を完全に細切りにしたところだった。

「おしまいっス」

ニコっと笑ったところに隙があった。愛作も先輩エージェントの笑みにつられて同じく隙が生じる。

邪神カルトとの戦いにおいて命取りになる一瞬だった。

アラフォー女がいつの間にか立っていた。

整った容貌をニタリと歪め、右手のスマホ画面を愛作たちに向けて突き出す。

通話状態の表示、スピーカーモードを示すボタン表示が白く反転しているのを確認した瞬間、

キシィイイイイイイイイイイイイイイイイイイイ

黒板に爪をたてて思い切り引っ掻いた音に似た、しかし受ける不快感と精神ダメージは数倍増しの騒音が公園に響き渡る。

「いぎっ」

反射的に両耳を塞いでうずくまってしまう。鳥肌が全身に広がる。

愛作の脳裏に正気度を示したメーターがイメージ化され、デジタルで表示された数字がパパ

パと減っていく。

サムライ君はエアーソフト剣を取り落とし、愛作と同じ格好をとっていた。

その脇腹に、レジ袋の中から飛んできた土色の細い槍が突き刺さる。

(ゴボウ!?)

冗談のような光景だがそれが冗談で済まないのは経験したばかり。

サムライ君は「ぐぅっ」と苦痛の声をあげた。刺さった部分から血のシミがじわじわと広がる。

「サムライ君!」

叫んだ愛作の視界が翳った。再生した赤身肉の壁が倒れ込んできたからだ。

勢いよく降りかかってくるべとつく塊に全身を覆われ、地面に押し倒されてしまう。

赤身肉は愛作の体の上で自重をかけてくる。

(見た目より全然重いっ)

愛作を圧し潰して、同じ肉塊にする気なのだ。

(クトゥルフや銀の黄昏の魔術師どころじゃねえ。セールの肉にやられておしまいなのか、俺)

メラッと怒りが湧く。

この事態で幸いだったのは左半身を上にして倒れたことだ。

もちろん左腕も黙って潰される気はなく、今やゆうに二百キロにもなろうかという肉の圧を押し戻し始めた。

しかし、左腕以外の平凡な肉体は悲鳴を上げている。

なんとかして事態を打開しないといけない。ちらりと見えたサムライ君は腹の奥まで潜り込もうとする槍に抵抗しているものの、時間が経ち出血多量で死ぬか、槍で内臓をえぐられて死ぬかの二択。どっちも最悪だ。

（やばいやばいやばい。どうする俺）

左腕以外が赤身肉の重圧攻撃に耐えられる時間はあまり長くない。

サムライ君やクリスのように武器は携行していない。持ち物といえばスマホくらい。

スマホでできること。救援を呼ぶ、だ。


愛作は自身がスーパーヒーローでもなんでもないことを自覚している。先輩たちからは平凡だの凡人だのと事あるごとに言われて落ち込んだり、反発したりを繰り返してきた。

その繰り返しの中で彼は気づいてきた。

何と比べて凡人なのか。

何ができたら凡愚（ぼんぐ）じゃなくなるのか。

超人と比べたら九十九パーセントの人間は凡人だ。化け物を退治できたら凄（すご）いのか…凄いかもしれないが、それが人として完全に正しいあり方だとは思わない。

(そうなんだ。開き直りと言われてもいい。俺は俺以上にはなれないし、足がつるくらい背伸びする必要なんかない。『海辺の町』出身の一般人で今は左腕がちょっとワケアリの愛作、凡人の愛作でいこうじゃないか。自分でなんでも解決できるだなんて思っちゃいない。すがるものがあれば遠慮なくすがるさ)

「**平凡を恥じるな**」

自分に言い聞かせる。

(ヒーローや勇者の役は誰かに任す。俺は平凡なプレイヤーでいい。おっちゃんに教えられたように『心は卑屈にならずまっすぐ前を向く』、それができてりゃ十分だ!)

右ポケットのスマホを何とか取り出し、短縮タッチでエンマスカラドを呼び出す。『イス研究所』のビルが近いここなら数分かからず駆けつけてくれるに違いない。

「何だ」

ぶっきらぼうな物言いでも地獄に仏だ。

「カルトの化け物に襲われてる。拠点の近くの公園。サムライ君が負傷した。早く来てくれ。GPSで場所わかるよね」

「無理だ」

「はぁっ!?」

「取り込み中だ」

「サムライ君死んじゃうって。俺も」

「今、ハンガリーで黒い石の神（ゴル＝ゴロス）と戦闘中でな。なからいに助言をもらえ」

通話は切れた。

「なんだよ、ゴル＝ゴロスって。っつーかハンガリーっていつの間に海外出張してんだ」

左腕が肉の重圧攻撃を押し返しつつあるが、それを支える愛作の体はメリメリと地面にめり込みそうになってきている。再度短縮通話をタップ。

「あ、なからいさん？　ちょっと助けて。牛肉とゴボウに殺されかけてるっ」

電話の向こうのなからいさんは囁き声（ささやきごえ）で、

「今電車の中だからまた後で」

と、返してきた。電話越しに車内アナウンスが聞こえる。

「マナー大事ですけど、俺たちもやばいんですよ！」

「牛肉とゴボウって。愛作君、あなた変なおクスリしてないでしょうね」

「カルトの化け物だよ！　さっきは長ネギも敵だった」

「今正気度いくつ？」

「まだ安全数値（グリーン）！　俺は肉に押しつぶされててサムライ君はゴボウに内臓えぐられてんの！　覆面野郎がなからいさんに助けてもらえって言うから！」

　重みに耐えつつ歯を食いしばって叫ぶ。

「お肉ならショゴスに食べさせなさいよ。掃除屋時代にはなんでも食べてたわよ」

なからいさんの何気ない一言が愛作の怒りと悲しみの琴線に触れた。

「掃除屋時代って…。それあなたたち『イス研究所』が不要になったり、隠ぺいしたいなんでもですよね。こいつがそれを望みましたか？　異形で意思疎通もままならないからというだけで理不尽な役割を背負わされたこいつのことどれだけ辱めたかわかってます？」

　どこかの駅に着いたらしく、ホームに出たなからいさんからは返答はない。できないのかもしれない。

「廃棄坑に捨てられたモン同士、俺らは運命共同体で這い上がった。俺たちを差別する者となら誰とでも戦うってね」

　そのとき、愛作とショゴスをつなぐ左肩の付け根に染み込んだクトゥルフの落とし子の血が緑色の燐光（りんこう）を放ち始める。

「同じ気持ちだよな、お前も」

　一瞬心に浮かんだ、あの殺戮（さつりく）現場と化した定食屋の光景を消す。あれは自我を喪失してしまった愛作にも過失がある。左腕と一緒にこれからを変えていこう。

左腕に対して抱いていた恐怖は薄れていく。

「愛作君。ごめんは後で言うわ。イスマホを動画モードにして辺りを映して。こっちのイスマホがあなたの周囲に、その事態を引き起こしている何らかの混沌存在を感知してる」

「簡単に言ってくれるなあ」

左腕はより力を込めて今や数百キロの自重となった肉の壁を押し返す。

愛作はイスマホのカメラで肉の壁、サムライ君、ニタニタ笑っているカルト女を順に映す。

「どう？」

「違う。肉の壁もカルト信者も混沌の根源じゃない。いるはずよ、場を支配している何かが。もっと公園全体にイスマホ向けて」

サムライ君の苦悶（くもん）の叫びが届く。残り時間は少ない。

なからいさんの指示がミスっていたら終わりだ。

——好き嫌いじゃなくよ、信じられるかどうかで判断するんだ。

おっちゃん語録が頭をよぎり、愛作はスマホをできるかぎり広範囲に向け続けた。

「そこ！　ゴミ箱の上！」

なからいさんの興奮した声が指し示したのは鳩。

公園の風景に溶け込んで全く違和感がなく、羽を畳んで小休止している。

「鳩？」

「ああ、もう！　あなたたちにはそいつ得意の幻術で鳩に見えてるかもしれないけど、私には宇宙由来の蟲にしか見えないわ。シャンとかシャッガイからの昆虫って呼ばれてるやつ。愛作君、あなた私があげた邪神データ集マレウス・モンスト…」

通話をミュートする。データ集は分厚くてギブアップしていた。それに、なからいさんの話は長い。つきあってたらサムライ君が死んでしまう。

愛作は左腕に速攻で考えたプランを提案。同意の振動が即座に届く。

テケリリ！

愛作の右半身を気遣ってパワーを抑えていた左腕が思いっ切り肉の壁を殴り飛ばす。

反動からくる激痛が体中を駆け巡る。

これまで受けてきた差別に比べればこのくらいノーダメだ！

数メートルの高さまで吹っ飛んだ肉の壁に目もくれず、片膝をついた体勢で鳩と正対。

愛作は鳩に向かって左腕を突き出す。距離は七、八メートル。

鳩は細い脚で立ち上がり羽を広げようとする。

手の甲を地面に向けた状態で握りこんでいた人差し指を鳩に向かって勢いよく放つ。

虹色の光沢を放つ黒いトリモチと化したショゴスの欠片が鳩の胸と羽にへばりつき、鳩はバランスを崩してアルミのゴミ箱から脚を踏み外す。

体の向きを変え、今度は中指を飛ばす。それが鳩尾(みぞおち)に命中したカルト女は体をくの字にして倒れる。

鳩が地面にベシャリと落下した瞬間、サムライ君は己の脇腹に突き刺さったゴボウを抜き取り、彼方(かなた)へ放り投げた。それは永遠に動かない、少し血のついた泥つきゴボウだった。

そして、砂と埃(ほこり)でジャリジャリになったパック肉が元の量に戻って、愛作の頭にボドボドと落ちてきた。

「最悪…」

鮮度の落ちた生肉を頭や肩に乗せたまま、愛作はゴミ箱へ足を進める。

ショゴスの粘度から逃れようと必死に身をよじっていたそれは、確かに鳩ではなかった。

昆虫の定義が六本脚だとすれば昆虫ではないだろう。

光沢ある細い脚は十本あり、腐敗からあまり時間経過していない水死体に似た青白い腹部から生えている。

半円形の固い翼または翅(はね)は鳥類というより虫に近い。

瞼(まぶた)のない大きな目に、頭部から伸びたうねうねとした触手めいた巻き毛は顔の中央部で合わさり、最大の特徴として口が三つ存在し、それぞれから生理的嫌悪をもたらす触角が一房ずつ垂れている。

邪神奉仕種族。人類のほとんどが認識していない、異界の生態系に属するもの。

「シャッガイからの昆虫っスね」

横に立ったサムライ君がなからいさんの情報を追認する。

「大丈夫ですか」

脇腹を手でおさえて気丈に立っているが、サムライ君の顔は少し青白い。

「ゴボウに殺された史上初の邪神ハンターになるところだったっスね。永遠に殺され続ける運命を辿(たど)ったり、石にされて数千年意識だけ生かされたりした先達ハンターたちよりは幸せな死に方っスけどね」

と、三白眼を細めて笑う。

「救急車呼びま……」

愛作がポケットから抜いたイスマホを手で制し、サムライ君は後輩の意識を眼前のクリーチャーに向けさせた。

「敵はまだ生きてるっス。殲滅(せんめつ)を最優先、怪我(けが)をした間抜けなエージェントの世話は優先順位低いんス。そろそろ『イス研究所』に慣れてくださいっス」

エアーソフト剣の先端でトリモチから逃れようとあがく蟲をつつく。気持ち悪くキシキシと音を立てるそれを愛作は『シャッガイからの蟲』と呼ぼうと提案した。昆虫は六本脚であるべきだ。

「反省会ス。今日この公園で起きた事象は三つ。レジ袋の中から現れたクリーチャー、あの女の人のスマホから発せられた心身にダメージ与えた音、そして蟲が自分たちには鳩としか認識できなかったことっス」

「て、手短にどうぞ」

愛作はこうしている間も地面にポタリと滴るサムライ君の出血が心配でならない。

「シャッガイからの蟲は、このキモい口と同じ数だけ術というか超能力が使えるんス。さっき言った事象と同じ数。つまり、罪のないおいしい食材を念動力(サイコキネシス)で操りクリーチャー化、スピーカーフォン経由で精神攻撃(テレパシー)、自身の姿を鳩に置き換える催眠(ヒプノス)っス。蟲(こいつ)は見てのとおり小さくて非力な存在なんスが、それでも自分たちは追い込まれたんス。邪神以下の存在でもこれくらいはやってくるんスよ、愛作君」

サムライ君は負傷を我慢して、後輩に邪神戦線で立ち続けることの困難さを説いている。

愛作はその気持ちに対して真摯に頷(うなず)いた。

ぷるるるる

(蟲、捕獲した我のもの。喰らってよいか)

左腕が呑気(のんき)に訊いてきた。

「え、これ喰うの？　お前のおかげで助かったからご褒美を認めないってわけにはいかないのはわかるよ。でも、これ？　あっちの肉じゃダメか」

（砂埃まみれの肉より、異星の蟲を味わいたい。力を使った後は珍味がよい）

「珍味にもほどがあるって」

（定食屋で半魚人を喰った。次は蟲がいい。その代わり人間は喰わない）

左腕の暴走が無分別な食餌になることだけは避けたい。きちんと断りを入れて、処分に窮するクリーチャー限定なら…ここは譲ろう。こいつは俺と対等の共生者なんだから、と愛作は即座にルールを固めて、承諾した。

ギシッ、と短い断末魔でシャッガイからの蟲は左腕の中に吸収された。

（あまり美味くないが小腹は満たせた。これが人間が言う昆虫食というやつか）

「多様な食文化があっていいとは思う。でも俺は虫は食べたくないな」

「しっかりショゴスとコミュニケーションとれてるっスね」

サムライ君がガクッと膝をついた。

「あ、救急車を」

（愛作、蟲喰わせてくれたお礼にお前の仲間の手当してやる）

左腕は自身の意志でサムライ君の脇腹に近づく。

「そんなことできんの？」

左手が患部に当てられ、細かく振動を開始した。ほわっとした温かみが掌から放射されていくのが体感できる。

テケリリ、テケリリ

ショゴス唯一の肉声が公園の片隅で発せられる。

(通行人の耳に入ったら、変わった野鳥の声だと思ってスルーしてくれるかな)

と、愛作は思う。
二、三分してサムライ君の顔に血の気が戻った。きびきびした動きで立ち上がる。脇腹を見ると傷が塞がっていた。
「おおお、すげえっス。血も痛みもひいたっス。掃除屋、じゃなかったショゴス君ありがとうございますっス。昔のことはいつか許してもらえると嬉しいっス」

サムライ君は左腕に深々と頭を下げた。

ぷるるるる、と左腕が少し波打った。

「愛作君、ショゴス君はなんて言ったんスか」

愛作は微笑んだ。

「これからは掃除屋扱いせず、サムライ君が珍味提供係になるなら仲良くしてやってもいい、だそうです」

「ふははは。了解ッス。でもクトーニアンや雲の獣はでかすぎてショゴス君でも食べきれないッスよ」

マレウス・モンストなんとかいう邪神データ集の勉強をサボっている愛作には挙げられた名前はわからなかったが、今日はこれにて解決なのでいいだろう。

「お前はとんでもなく強ええだけじゃなくて、人を回復させることもできるなんて優しいんだな。最高の片腕だぜ。そうだ、『てけりりヒーリング』って名付けてさ、心身傷ついた人たちを治して癒してまわるのはどうだろう」

敵を倒すだけが対邪神組織の在り方でいいのか？　と心のどこかで思っていた愛作の今後の立ち位置が見えてきたようで全身がカッと熱くなってきた。

興奮のままにそれとなくイスマホを見ると、なからいさんからの鬼電着信履歴があった。

「やべっ」

ちょうど着信があったのですぐに出る。どこか外を歩いているようだ。

クリスも一緒らしく「歩くの速すぎ…」と小さく聞こえてくる。

「先ほどはどうもすみませんでした。おかげさまで敵を殲滅、サムライ君も無事です。被害は長ネギとゴボウとセールの肉パックだけです」

「それは何より。脳筋コンビは蟲の絡め手攻撃に手も足も出ず。これは二人とも魔術の集中講座を必須にするしかないようね」

「いやあ、俺ラテン語とかアラブ語わかんないし」

「脳味噌(のうみそ)に直接書き込んであげるから平気よ」

「い、いや。そういうの怖いんで朗らかに言わんといてください」

「で、殺された曽似屋警視正の自宅に行ったんだけど遅かったわ。妻と一人娘は拉致された後ね。家の中に血液反応がなかったから、生きてる可能性はあるけどね」

なからいさんの声が低くなる。家族が危険だと言ったクリスの予感は的中したわけだ。

「そういうのって、やっぱり儀式に供(きょう)されちゃうんですか」

「精神いじられて何かの目的に使われたりもするわね。善良そうな顔したヒットマンとか」

タン、タンとなからいさんのパンプスがアスファルトを闊歩(かっぽ)する音が混じる。

「俺たちをさっき襲ってきた女の人もそういうくちだったのかなあ」

「どうやらそうなのよ」

その声は左右の耳からサラウンドで聞こえた。右耳はイスマホから。左耳はリアルで。

二人が振り向くと、イスマホを握ったなからいさんが立っていた。ダークカラーのタイトスカートスーツがいつもよく似合うが、どうしてもくたびれたOL感は拭えない。

その後ろからクリスがぜえぜえと息を吐きながらやってくる。喘鳴(ぜんめい)するのも仕方ない。蟲に操られていたアラフォーの女を小さな体で背負えばそうもなる。

先ほど下車したのは拠点ビルの近くの駅だったようだ。ＧＰＳを辿ってここまで来たということだと愛作は察した。

「か、代わんなさいよ…サムライ」

「ちょっと。その女はカルトっスよ。どうして」

なからいさんはイスマホの画面に画像を表示して突きつけた。

観光地で撮影したらしい男女が映っている。

男は昨日東京湾沿いの倉庫街で物言わぬ遺体として対面済みだ。警察庁警視正、曽似屋大門。

そして、女の方は今サムライ君に担がれている蟲の手先になったカルトの女。

「この女性は曽似屋警視正の奥様。曽似屋青子。自宅に行ったら空振りで、まさかここで会うとはね。一昨日までは一般人。昨日洗脳、今日ヒットマン」

（なんていうハードな世界なんだ、邪神界隈。サムライ君、峰打ちにしてよかったね）

愛作に顔を向けたなからいさんは、

「曽似屋警視正の一人娘は生贄候補。青子さんの記憶をスキャンしてカルトの拠点と信仰している邪神を探るわよ。急がないと星辰が揃っちゃうかも」

キイ、キイ…

『イス研究所』のエージェントが四人もいながら、たった数メートルの距離にあるブランコに座る少女の存在に誰も気づかない。

ブランコの金具が軋む音も聞こえないのだろうか。

少女は身を隠すでもなくブランコを軽く前後させて、彼・彼女らを面白そうに見つめている。

身にまとっているオーバーサイズのパーカー、デニムパンツ、スニーカーの全てが濡羽色で統一され、口が悪い筋からは「中二病」と言われかねない黒系への傾倒だが、少女は黒に身を包むことが自分にとっていちばんナチュラルだと思っていたので問題はない。深くかぶったフードから覗く白い容貌、とりわけ猫のような大きな瞳には、これから起きることが愉しみで仕方ないという笑みが浮かんでいた。

「お兄ちゃん、私がここにいるのに気づいてくれないんだ。ふふ、もっと正気を失ってくれないと会えそうにないね」

第八章

これからも邪神殴ります

Chapter 8

邪神カルトの隠れ蓑である貿易会社。そのオフィスに囚われていた女子高生曽似屋碧を救い、安全なところまで脱出するだけの比較的簡単なミッションのはずだった。

ただその黒幕が愛作に直接因縁ある魔術師であったことから、ミッションは愛作自身が過去を克服する通過儀礼の意味合いも含んで、今大型モニター越しではあるが『海辺の町』の支配者と逃亡者が対峙した。


「おや、魔術刻印の刻まれた方の腕は斬り落としたはずだが。義手にしてはよく動くね」

クレイとの予想だにしなかった再会により、はからずも『海辺の町』のことを思い出していた愛作であった。

大切な人を喪った悲しみ、腕を失った時の痛み、そして邪神を頂点とする理不尽な支配に対する怒りが愛作の体内を駆け巡って復讐を訴える。体が熱くなり、叫び出したくなる衝動に襲われる。

しかし、彼はモニターのクレイがよく見えるように自身の左拳を突きつけた。

「お前をぶちのめす左腕だ。よく目に焼き付けておけ。あとさあ、そのグレイのカラコン、死ぬほど似合ってないからな」

ニヤリと笑ってやった。

(いけにえまつりから約半年。たった半年だが……)

どんな形であっても命を取り留め、クセがありすぎる組織の面々と出会い、種族を越えて見捨てられた者同士で貪欲に生き延びるために合体し、妹を捜すという目的もできた。

(人が変わるには十分な時間だったと思うよ)

改めて、多くの人々の運命を暗転させた張本人に対し、視線はまっすぐ真ん前に据えた。

――この方がずっと先まで見えるからいい。差別に負けない平らな視線を保て。

おっちゃんからいちばん最初に教わったこと。これは今日ここで過去と対決するために学んだのだとさえ思える。

「曽似屋家の事件の背後にお前がいたとは。この再会は邪神のお導きかな、呉井榊」

落ち着きを取り戻した声は『海辺の町』時代の相手の機嫌をうかがうようなそれではなくなっている。もう二度と気圧されることはない。いけにえまつりの夜以降の奇妙で忌まわしい多くの体験は否応なしに愛作を鍛えた。それが彼のたたずまいを堂々とさせる。

一方のクレイは、怒りで我を忘れた愛作を虚仮にするつもりだった予定がはずれたからか、フンと鼻を鳴らす。

「神とは導くものではない。自らを崇めぬ凡愚を惨たらしく破滅させるものだ」

(敵にも味方にも平凡だ、凡愚だって言われる……俺だって平凡だってわかってんだよ。頑張ってんだよ。人間離れしたお前らと一緒にすんなっ)

「期待していたんだ。生贄を必要としない『海辺の町』の新時代をつくるって言っていたあんたにね」

「神の庇護を無償で受けようなどと、思い上がるな下郎」

モニター越し、互いに譲らない視線が交差する。

「あんたは俺や葉月にひどいことをしなかったし、多少なりとも親切だった。偉そうな態度は『支配層』だから仕方ない。けれど留学先で理想を捨てて邪神カルトの仲間を引き連れて戻ってきたあんたは前よりひどくなっていた。つまり、自分の信念を貫けなかったちっさい男だったわけだ」

ひと思いに言い放つ。

(こんな身勝手なやつらの犠牲になるのは俺だけで十分だ)

クレイは思わぬ罵倒に一瞬引いたが、すぐに嘲笑を復活させ、

「面白いものを見せてやろうか」

と、立ち上がり画面から消えた。

ゴゥロゴゥロ
という車輪の音とともに戻ってきた。

「ハァイ。スペシャルゲストだ。覚えているだろう？　お前が人質にして町を脱出しようとし、お前が鉈で五分割されるところを邪魔したこの醜いミイラを」

車椅子に拘束された枯れ木のような老人、呉井築であった。

この呉井家の先代当主は、愛作の父の時代のいけにえまつりを開催し、クトゥルフの眷属である『神さま』に父の恋人を捧げることで町のトップに君臨し、『支配層』に属さない人間のことを道具としか見ていない典型的な外道魔術師であった。

それが約二年半前に息子の榊がアメリカ留学に出て以降、重い病に罹って屋敷に隠棲し姿を見なくなった。次に姿を現したのは町に戻ってきた榊が『銀の黄昏錬金術会』の三人の魔術師を伴い、いけにえまつりを執り行った時で、目を疑うほどに老衰して萎びきっていた。

そして、愛作の心には簗に対する不可解な疑問がこびりついていた。

「簗はなぜか俺を助けたんだ」


――トキヲカセグ……オマエダケデモ……ニゲロ……。

――……ギンノタソガレメンバーハ……コノテイドデシナナイ……イマノボクデハ……ジカンカセギシカデキナイ……ハヤクニゲロ……。


嗜虐、滑稽、虚無。三人の魔術師から愛作を逃がすため、老体に鞭打ってまで魔術戦闘を仕掛けた理由がわからない。その後、簗は魔術師たちに殴る蹴るの暴行を受けている。

（そうなんだ、なぜああまでして俺を助けたのかずっと腑に落ちなかった）

しかも、簗は、ただ進路を邪魔したというだけの理由で愛作と葉月に激痛を味わわせただけ

でなく、

――あれらは若くて活きが良いな。使ってもよいな。

と、生贄として品定めしたほどの鬼畜である。愛作を助ける義理は皆無である。

(築が俺を助けるわけがないんだ。もしそれが榊の豹変と関係があるとしたら。もしこの素人探偵の荒唐無稽な推理が当たっているとしたら、それって…)

「愛作、まだ気づかないか。あの男の息子だけあって、叡智のかけらもない猿よな」

「父さんの悪口は許さない」

怒りが周囲に放射されたのか、今夜の奪回ミッションの目的である女子高生、曽似屋碧が思わず後ずさる。

「**邪神にケツモチしてもらってナンボのお前らはゲスいコバンザメじゃないか**」

クレイの頬が小さく引き攣った。構わず愛作は続ける。

「猿と馬鹿にした男に『神さま』を傷つけられ、生贄の葉月には逃げ切られ、面目丸つぶれはてめえだろ。気分はどうだい、クレイ」

車椅子の上でうなだれていた呉井築が車椅子に拘束された細い四肢と痩せこけた体を揺すって車椅子を動かそうとする。

初めてモニターを正面から見据えた老人の顔には常習的に暴力が振るわれている痕跡が見て取れた。鼻は陥没し、片耳がなくなっている。

「アア、アイサク…ボ、ボクハ」

絞り出した声は最後まで続かなかった。

「私の許しなく口を開くな！」

呉井榊はノールックで老人の頬に裏拳を放って黙らせる。

愛作は確信した。荒唐無稽な推理を荒々しく披露する。


「お前、榊さんの体を乗っ取って成りすましてるよな、築」


画面の中のクレイはチロリと舌で唇を湿らせた。

「おっちゃんが築に依頼されて運んだ魔導書を見た榊さんは言ってたんだ。パズルのピースを並べようか。

——ルルイエ異本の写本が届くはずが違うと。

——呉井家に必要な召喚魔法や結界術の本でもない。

——自分は聞いてない。魂魄を。

——父さんは何をしようとしているんだ。

ってな。当時はコンパクの意味がわかんなかったけど今は勉強済みだからな。お前は元から榊さんのことを息子だなんて思っちゃいなかった。じじいになったら服を着替えるノリで榊さんの肉体をぶんどるつもりだったんだ。榊さんはお前の大好きな生贄の因習をやめようとすらしていたから、罪悪感はこれっぽっちもなかったんじゃないか？」

おぞましいにも程がある老害のエゴ全開の所業と言えよう。推論を構築するだけで鳥肌と嫌悪感に包まれる。魔術師はこんなにも胸糞悪い自分本位の塊なのか。

「で、邪魔な榊さんの魂はあと数年でくたばる予定のお前の廃屋みたいな体に無理矢理詰め込んで、ＤＶの対象にした。榊さんを殺してないのはおそらく自然死以外で死ぬと、お前自身にも何らかの反動があるからじゃないのか。うー、口にするだけで吐きそうだぜ。それによ、榊さんは自分のことを『私』じゃなく『僕』と言ってたんだわ」

『イス研究所』に保護されてベッドで強制的に失神させられてた際に、悪夢を見たのを覚えている。

留学前の呉井榊が絶望と恐怖に顔を歪ませて自身の屋敷の中を逃げ惑う姿を。

あれは意味のないビジョンではなく、老人の体に封印された榊と接触したことで惹起された現実の出来事ではなかったか。

スピーカーから乾いた拍手の音が響く。

「ギリギリだが及第点をやるよ」

魔術師クレイ。魂は親の築、肉体は子の榊。老醜から逃れるために息子の体を乗っ取った外道の魔術師は愛作の指摘を認めた。

老人のすすり泣く声がスピーカーを通じて届く。人生を奪われた榊の無念と悔しさを愛作は我がことのように感じ取る。

ギュッと両の拳が握られる。

人が人を欲得のために利用することなど世の中にごまんとあるのは愛作だってわかっている。しかし、親が子の未来を奪ってよいはずがない。自分の両親はその命と引き換えに愛作と葉月を因習の町から逃がそうとしてくれた。それを経験しているからその思いはなおのこと強い。だから呉井簗が息子の榊にした仕打ちは絶対に容認できない。榊も町の因習によって自分と同じく『未来を奪われた者』だという思いが愛作の胸に満ちた。

「榊さん、あなたの悔しさは俺が受け止める。その証としてあなたを必ず助ける。だから絶対生き延びてくれ。またおいしい紅茶とクッキー頼みます。そうだ、葉月も一緒に」

こぼれそうになる悔し涙を右手でゴシゴシと拭う。頬をパンパンと挟むように叩き、気合を入れ直す。

今は碧を、邪神カルトに法の裁きを受けさせようとした勇気ある警察官の娘を恐怖の夜から救い出すことが任務だ。

（しかし、エンマスカラドめ、初めから曽似屋家の娘を救出するって言えよ。何が生肉回収だ）

「ミドリさん、俺のしんどい過去のせいで時間くっちゃってごめんね。これからはミドリさんファーストの時間だから！」

碧はクレイと愛作の会話の大部分については理解できていない。しかし、二人の間に大きな遺恨があり、それは自分が攫われるきっかけとなった父が追っていたカルト教団に関係あることは推察できた。賢い娘なのである。

だから愛作に向かって、

「はい！　愛作さん、私、足手まといにならないように一所懸命ついていくので！　もし何かあったら私なんでも手伝いますから！」

と、洗練された制服に身を包んだ碧は両脇を締めて肩の高さまで上げた両の拳でガッツポーズした。

（ミドリさんだってつらい目に遭っているのに俺に気を遣ってくれて…愛作、お前ここは何としても切り抜けなきゃだめだぞ）

愛作は自らに言い聞かせる。

「愛作ぅ、私が呉井築とわかったとしてもお前たちを取り巻く状況は何一つ好転していない。さっきから私が雑魚探偵の推理披露にわざわざ付き合ってやっていたのはな、すこぅしばかり時間が必要だったからよ」

クレイは片手でネクタイを緩めて鷹揚に言う。

いくつもの固定電話から聞こえる異国の言葉による呪文の詠唱。

複合機とＦＡＸから大量に吐き出された紙に印字された血のような赤でしたためられた象形

文字。

詠唱と魔術文字を組み合わせ、クレイが何を待っていたか。

――召喚は事件のクライマックスにくるものよ。

と、なからいさんの講義内容を思い出す。

「どうせ召喚までの時間稼ぎだったんだろ。ご苦労さまだ、クレイ君。しかし、こんな紙の無駄遣いは地球にやさしくないぜ」

厄介なことになったなと焦りつつも、画面の中のクレイに憎まれ口を叩いて笑ってやった。

『海辺の町』で卑屈だった自分はもういない。こいつらクソ魔術師にいいようにされてたまるか、という気概（ガッツ）が弱気の存在を許さない。

おっちゃんが教えてくれたように目線はまっすぐ前を向き、
父と母が切り拓（ひら）いてくれた道の先にある今を大切にし、
左腕がかなえてくれた怪異と戦う資格を高らかに掲げ、
愛作は、
「**邪神だろうが何だろうがただ殴るだけだ**」
と、宣言した。

クレイの返事の代わりに、頭のはるか上の空から耳を圧する大音が落雷のように響く。

碧が天井を見上げる。もちろん天井の数十メートル上にいる何かを見ることはかなわない。

その大音は間違いなく生物の雄叫びであった。しかし、それは愛作と碧の知っているどんな動物や鳥とも違う。

愛作の乏しい語彙でその雄叫びを表現するなら、特撮怪獣の叫びに工事現場の作業音と暴走するバイクの音をミックスしたもの、である。

「これはご近所迷惑ですね」

召喚されたものの正体を判じあぐねている愛作の緊張をよそに、碧が至極まっとうな意見を述べた。

耳障りなだけの音ならまだいい。放たれるたびにただの轟音に過ぎなかったものが、徐々に意味のある言葉に変じていくのがわかる。

AIが二、三回のコマンド入力で急速に物事を理解・習得していくように、轟音は人語を形成していく。それもご丁寧に日本語である。

「我ヲ招キシ魔術師ニ命ズル！　召喚ノ代償ヲ供セヨ！　下賤ノ肉ト魂ヲ我ニ捧ゲヨ！」

轟轟とした大音声は侵入しているビルの中にとどまらず、深夜のオフィス街に響き渡ったに違いない。

「ファンタジーのドラゴンかよ」

「あんな大声出してたら動画や写真に撮られちゃいますね。こういうわるい人たちってもっと気づかれないように行動するものだと思ってました。意外とオープンなんですね」

愛作と碧は顔を見合わせて笑いあう。

「ミドリさん、この状況怖くないんですか」

碧は形の良い顎(あご)に細い指をあてて考え込む。

「愛作さんがいるからでしょうか？　んー、こういうときは悲鳴あげた方がいいですか？」

碧のセリフに思わず吹き出す。

「そのままのミドリさんでいいです」

テケリリ
と左腕も同意を示す鳴き声をあげる。

「というわけでクレイ。お前がドヤって準備した仕掛けはドッキリ失敗だ。おつかれした」

愛作は碧を伴い、大型モニターの向こうにあるシェイドのかかった窓に歩み寄る。

「私が召喚した狩り立てる恐怖(ハンティングホラー)は現れたが最後、狙った獲物を追い続ける。お前が朝を迎えることはないと思え」

語気を強めたクレイの声が背後のモニターから聞こえても愛作は意に介さない。

「画面が見えないと、今どんな顔して言ってるんだろって想像しちゃうね。額に青筋立ててんのかな」

「愛作さんはあのクレイさん？　が現れたときはとても怒ってたのに、今はスルースキル発動してとてもいい感じです」

碧の明るい声と微笑み(ほほえみ)は室内の妖気を中和する効果があるようだ。少なくとも愛作にはそう感じられる。勝利の女神ってこういう娘のことを指すのだと思える。

「ミドリさん、こんなやつにさん付けすることないって。このゲス野郎の上から目線発言もいい加減うんざりしてきたんで、電源引っこ抜いちゃいましょう」

愛作は大型モニターの背部から伸びる黒いコードに手をかける。

「私を愚弄するか凡愚」

「凡愚凡愚うるさい。いつか『海辺の町(そっち)』に乗り込んでやるから待ってろ、ジジイ」

右手の一振りで壁際のコンセントからプラグが抜ける。ブンッという小さな音の後、オフィスに静けさが戻る。

「凡愚の手でも魔術師を無力化できるってことだ」

右腕で軽くガッツポーズをとる愛作の耳に再びはるか上から怒声が降りかかる。

「贄ヲ捧ゲイ！」

上空から響く怪異の声が一瞬戻った静寂を再び破る。

「まったく…捧ゲイ、捧ゲヨ。うるさいやつ！　何が狩り立てる恐怖(ハンティングホラー)だ」

シェイドに指をかけて、深夜のオフィス街の黒々としたビルの群れと黒と灰色が混淆(こんこう)した空を観察する。声の主は四階のここからでは確認できそうにない。

「おっかしいな。全然騒ぎになってないな」

下に目を向けて辺りを見回してもスマホを夜空に向ける者どころか、残業中のオフィスワーカーや通行人の姿ひとつないことに気づく。深夜とはいえ東京二十三区でこれはあり得ない。

「ああ、結界ってやつか。張ると一帯が無人になっちゃうタイプの」

これもまたなからいさんの講義で聞きかじった知識である。ずいぶんご都合主義な魔術だな、と欠伸をしたら怒られたので覚えている。

そのときである。

ポケットの中のイスマホが着信のバイブレーションを伝えてきた。

「お、怪電波が復旧した」

イスマホ。『イス研究所』と協力関係を結んでいるイスという人外の種族が開発したことからイスマホと呼ばれるこのデバイスは、通常の携帯電話の電波とは別次元の領域の『怪電波』をキャッチする。これは時空を超えての会話が可能なのだという触れ込みだが、その原理を愛作が理解できるわけがなく、ただ便利なアイテムとして使っている。

画面を見ると、いくつものアプリがインストールされているが課金が必要なため、ほとんど手つかずでいる。

愛作にとってはただのスマホ代わりであり、緊急時には先ほどチョー＝チョー人を仕留めた電撃アプリを使うくらいであった。

なからいさんのようなイスマホ重課金者は、愛作を失神させたフラッシュや正気度回復アプリを使いこなしている。

「やっとつながった。ちょっと愛作君、潜入して二十分経過したら定時連絡って言ったじゃない」

ビルから少し離れたところに停車した車中で待機していた重課金者の声が聞こえる。

「いやー、昔なじみの魔術師に潜入作戦気づかれてジャミングされてたみたいです…てかイスマホは絶対圏外にならないのが売りって、違うじゃないですか」

「文句なら開発したイスさんに言いなさい。ところで曽似屋碧は確保できて?」

「無事です。今一緒にいます」

「敵の妨害は? その他気が付いたことがあれば簡潔に報告を」

「中身がじじいでガワがイケメンの魔術師クレイを撃退…いや電源引っこ抜いて強制退場させました。ほかに警備員のチョー=チョー人を三名退治。でもこの一帯の人払いの結界はそのままで、クレイが召喚した怪物は呼ばれっぱなしです。魔術師の民度ってなんでこんな低いんですか」

「ゴミ散らかしたままで帰る人みたいな言い方しないでよ。面倒かもだけど、現場のお片付けまでが私たちの仕事よ」

「結局、掃除屋ですか。俺たちは」

　廃棄坑の掃除屋と合体したら、今度は邪神事件の現場で掃除をする羽目になる。

　愛作の大きなため息を見た碧は、通話の内容は把握できてないながらも、自分のせいで愛作が不平不満を感じたと思い、申し訳なさそうにペコリと頭を下げた。

「あ、違う、違う。ミドリさんは何も気にすることないです。『イス研（うち）』の人使いがただ荒いって話ですから」

　父を殺され、母は精神を操られて鉄砲玉にされ、さらには自身は邪神の夜食になりかけた碧は完全な被害者である。必ず日常に連れて帰る。

　そして、曽似屋一家をこんな目に遭わせた邪神カルトと用心棒（バケモノ）には高いツケを払わせなくてはならない。愛作は滾（たぎ）る。

「じゃあ、なからいさん、ミドリさんを保護しに来てください。俺はハンティングホラーをぶん殴るんで」

「ハンティングホラーですって!?」

　愛作は顔をしかめてイスマホを耳から遠ざけた。

「ハンティングホラーは外なる神（アウターゴッズ）ナイアルラトホテップの奉仕種族よ。もしかしてビルの上をぐるぐる回りながら飛んでる長いのがそうなの？　あんなのがいるところにお姉さんは絶対に近づきません！」

「きっぱり言い切りましたね…それでもバックアップ要員ですか」

「外なる神（アウターゴッズ）はグレート・オールド・ワン以上に厄介なの」

「どう違うんですか」

「グレート・オールド・ワンはクトゥルフやツァトゥグァのことね。これを実体ある怪獣だとする」

（『海辺の町』の『神さま』はクトゥルフの落とし子だから、あれは怪獣カテゴリなのか。だから父さんの鉈でも斬れた。俺の左腕で殴ることも可能ってわけだ）

「外なる神（アウターゴッズ）は、物理法則を無視して存在する意志あるエネルギーというのが近いかしら。それこそ人類には理解できない、本物の神といっていい存在よ」

「そのニャルララップさんは殴れなくてもそのペットは殴れんの？」

「あなたねえ…あ、サムライ君？」

なからいさんとの通話が切れて、別の声が割り込んできた。

「ハンティングホラーを相手にシングルマッチを挑むその闘魂は評価してやろう。ただ、その獲物はお前にはまだ早い。俺たちが現着するまであと一分待て。お前は生肉を守り抜けばいい」

「エンマスカラド、生肉はやめろ。で、近くにいるのかよ？」

「人払いの結界に侵入するのに少し手こずったが問題ない。ビル下まで来た。ここでハンティングホラーを迎え撃つ」

「なからいさんが来るの嫌がってんだよ」

「問題ない。今サムライが運転して連れてくる」

自動車が近づく音が聞こえる。サムライ君が運転席をジャックしたらしい。

「四階なんだけど、ドアロックされてんだよね」

愛作は背後のドアに目をやった。

「ショゴスのパワーがあればドアなどあってないようなものだろう。いや、時間がもったいない。愛作、今すぐ窓から生肉ごと飛び降りろ」

エンマスカラドはあっさりとした物言いで命じてくる。

「どこかのブラック経営者かよ、あんた」

「お前も『イス研究所』の人間なら持てる知恵とスキルをフル活用しろ。とっとと降りてこい」

通話が切れた。

愛作は全開にした窓から眼下を覗き込む。下はアスファルトで舗装された駐車場。そこにサムライ君が運転する黒いバンが走り込む。

「ミドリさん、バンジージャンプの経験は？」

「あ、ありません」

「紐無しバンジーしますよ」

「紐無しだとバンジーとは言わないん……」

問答無用で碧の細い腰に右腕を回し、窓枠にスタンスミスを乗せた直後、愛作は空中に身を躍らせた。

「頼むぞ」

迫るアスファルトに向かって伸ばした左腕が円形に大きく広がる。接地する面積を可能な限り広げて衝撃を拡散させる。

それでも付け根の肩にかかる荷重は大きかった。

「いぎゃっ」

展開したショゴスが愛作と碧とアスファルトの間でショックアブソーバーとなり、投身自殺を防ぐことに成功する。

左肩の骨が折れなかったのは良かったが、アスファルトに転がった二人はすぐには立てなかった。

「我ニソノ魂と肉を捧げよ」

更に日本語がネイティブになった巨大なものが降下してくる。ショゴスで迎撃しようにも間に合わない。碧をかばって目を瞑(つむ)る。

銃声が次々と耳をうつ。その数七回。

愛作たちに迫ったハンティングホラーは長い身をくねらせて上昇していく。

「どんな場面でも目を閉じるな馬鹿。閉じたら活路はない。たとえ死ぬとわかっても閉じるな阿呆」

あまり手入れをしてないように見えるよれてほつれ糸と毛玉が散見される三つ揃いのブラックスーツの少女が左右の足を肩幅よりやや大きく開いて立ち、銃を構えた両腕を前方に押し出す前傾姿勢、アイソセレススタンスを維持したクリス・ハートマンの叱責はいつも厳しい。

しかし、それは邪神と戦う『イス研究所』のエージェントにとっては至極当然の教えであり、常に生き残ることを諦めるなという前向きな意味があった。

「すみませんでしたぁっ」

碧とともに立ち上がりながら頭を下げる。

アイソセレススタンスを解除したクリスは、

「彼女を早く車に……」

厳しい口調がいつものダウナーに変じて顎をしゃくる。その先にはサムライ君が降りてきたバンがある。

「我に捧げられし生贄、逃がすか」

上空から再び碧に狙いを定めてハンティングホラーが降下を開始する。

ここで愛作は初めて今宵の召喚怪物の姿を視認した。

十五メートルはある長いうねうねとした蛇のような体は脈動に合わせて収縮を繰り返す。その左右から伸びた水掻きめいた弾力性のある黒い肉の翼がゆっくりとしたリズムで羽ばたく。

鳥のような飛行をせず、空中をのたうち回り、素早く這うように移動する。

こちらに向けられた頭部は蛇体には固定されてないのかグラグラ揺れながら黒い口腔を拡げている。頭部の周囲には二メートル近い触手が一本一本独立した意志を有しているが如く蠢き、鼻面から伸びた一メートル弱の髭は革製の鞭のようにたなびく。

触手にからめとられるか、髭に打たれるだけで人間の脆い肉体などただでは済まない。

仮に命をとりとめたとしても、光の届かない宇宙空間にも似た暗黒の口腔に呑まれた時、確実に正気は維持できず、あっさりと殺されていた方がよかったと後悔するのは間違いない。

(狩り立てる恐怖。命名者はいいコピーライターになれただろうな。喰われてなきゃ)

「逃がさないよ」

再びクリスが立ちはだかる。自分より小柄なこの少女はその手に銃がある限り退くことはない。背後を駆けぬける時、愛作は小さな背中に心からのリスペクトを捧げる。

「357マグナム弾が七発命中して傷一つないなんて。プライド傷つく…」

「我の体は物質次元の肉の身にあらず。虚空の彼方の真なる体を召喚に応じて投影したもの。金属のかけらをいくら飛ばしても我を傷つけることはできぬ」

ハンティングホラーは知性ある邪神眷属であるらしい。召喚に応じた体はかりそめのもので、一般的な物理攻撃は効を為さないと解説する余裕を持ち合わせていた。

「うっさいわ、撃つのはボクが決めたこと。お前はボクの的になればいいんだよ、○○○○!」

Ｆワードとともに銃撃が再開する。

クーナン社製の３５７マグナムオートマチックハイパワーは、クリスの決して大きくない手で撃つにはごつい代物だ。それを狙い過たず命中させる技量は才能と努力がなせるものである。

しかし、ハンティングホラーが述べたように、火力だけでは異界の法則によって組成された体軀にダメージを与えるのは不可能であろう。

アギッ、ギィィ

「そういう鳴き声か……」

と、クリスは呟いた。

ハンティングホラーの細長い体軀の左右に伸びた翼には弾痕が穿たれ、飛行能力が大幅に低下したことは目にも明らかとなった。そして、全弾命中したマグナム弾は驕り高ぶった怪物の発声器官から苦鳴を引き出すことに成功した。

「現地生物め、何をした」

予想だにしなかった屈辱にハンティングホラーは思わず問いかけた。

「旧き印を彫り込んだマグナム弾。もっと喰わせてやろうか」

すでに次の弾倉は装塡完了している。弾頭に邪神眷属が苦手とする旧き印、エルダーサインが彫金されている特別製の弾丸が次の獲物を求めて待機している。

旧き印とは五芒星の中央に目が置かれ、その瞳があるべき部分には炎の柱が描かれた印章である。何者がこれを創造したか知る者はすでにいないが、邪神の眷属を遠ざけ、その力を減衰させる効果があるとされている。一方で、邪神そのものに対しては全くその力は及ばないと言われており、お守り程度のものと思っていればいいらしい。

――五芒星の旧き印はダーレス型、一本の枝から五本の小枝が伸びた旧き印はラヴクラフト型。ダーレス、ラヴクラフトって何かって？　知らないわ。とにかく効けばいいのよ。

と、なからいさんが解説していたのをヒントに弾丸に意匠をこらしていた。

ハンティングホラーを射殺するのは不可能のようだが、肉厚の翼には多少の足止めの効果はあったようだ。

「後は任せる…」

タタッと後退するクリスの横を金髪ツーブロック、白地に金の模様をちりばめた高級クソダサジャージの剣士が突進していく。すでにエアーソフト剣には禍々しいまでの斬撃力が込められ、妖刀の域にまで高まっている。

普段の温和な顔を捨て、金髪を逆立てた修羅の形相のサムライ君は地面を蹴って跳躍する。その先にはクリスによって飛行高度を維持できなくなったハンティングホラーの頭部が打ち込みやすい位置で待っている。

「お前にファンブルあれ！　斬斬舞っス！」

顔面をガードすべく内側に集まった触手や髭を左右斜めに閃く刃が斬り散らす。

そして、もう一度跳躍すると、全身を反らせて溜めに溜めた力を剣に乗せて一気呵成にハンティングホラーの顔面に食い込んだ妖刀がサムライ君の自重によって縦に斬り割っていく。

ハンティングホラーの絶叫が爆風のように辺りを圧すると、サムライ君の体が吹き飛ばされた。


愛作と碧が退避した八人乗りのバンの助手席に座ったクリスは、

「あのクソダサな口上と技の名前どうにかならないの……」

と呟く。

「あ、サムライ君がゴミのように転がってく！」

助手席後ろに座っていた愛作は慌ててシートベルトを外した。

「彼、あの技で消耗しきるから、あとが大変なのよね」

ハンドルに両手を乗せたなからいさんが説明する。

「助けに行かないと」

運転席の後ろの席に座った碧も愛作と同じくシートベルトを外そうとする。

「大丈夫よ。彼がいるから」

と、なからいさんは力強く言った。

「彼?」

碧の問いになからいさんは、先ほどまで碧が囚われていたビルの屋上を指さすと、そこには屋上の縁に片足をかけて下を睥睨する黒と赤の全身コスチュームに身を包んだ長身の男の姿があった。

「メインイベンター気取りのあいつよ…」

クリスが呆れたように補足した『あいつ』は屋上から真下のハンティングホラーに向かって飛び込んでいく。

「あのう、エンマスカラドって人はいったい…」

愛作の質問になからいさんとクリスは同時に、

「理解不能」

と、返すのであった。


「ナイアルラトホテップの眷属と試合えるとはな」

屋上から急降下するエンマスカラドの視界でハンティングホラーの頭部が迫ってくる。すでに彼の右膝は真下に向けられ、甚大な威力をもって邪神眷属を滅ぼす凶器と化す。

フライングニードロップはコーナーポストの上から跳躍してリング内で横たわる相手に向

かって立てた膝頭を突き刺すプロレスの技であるが、地上三十数メートルからそれを敢行する者はいない。

その行為自体が無謀の極致であるのは当然として、かわされたら単なる投身自殺になる。

しかし、クリスの銃撃で飛行能力の大半を奪われ、サムライ君の斬撃で感覚器官の触手を切断されたハンティングホラーは上空から迫る第三の攻撃を察知できない。

「脳漿をぶちまけるがいい！」

エンマスカラドの対邪神格闘技ルチャ・リブレはこれまで数多の邪神眷属を葬ってきた。

ハンティングホラーの身体はこの世界の物理法則と切り離されたものである。しかし、エンマスカラドの邪神殲滅に燃える闘志はすでに常軌を逸した『武神』の領域に到達しており、虚空の彼方にいるハンティングホラーの本体にまで破壊力を届ける。

邪神から三次元の生物に超常的な影響を及ぼすことが可能ならば、その逆も可能である。

この信念と闘志こそがルチャ・リブレの神髄といえる。

そして、今宵もエンマスカラドの技はハンティングホラーの後頭部を圧し潰す。

膝から肉体破壊の感触が伝わった瞬間、赤と黒に彩られた彼の覆面から覗く目には『イス研究所』の同僚が見たことのない忌まわしい愉悦が浮かんでいた。

断末魔すらあげられずに頭部が四散すると、穴だらけの黒い翼と収縮をやめた細長い体は駐車場のアスファルトに叩きつけられて痙攣を始めた。

軽やかな身のこなしで地面に降り立ったエンマスカラドは、傍らに転がっているサムライ君を右肩に担ぎ上げた。

「サムライ、鼓膜は無事か？」

ハンティングホラーの絶叫を間近で浴びたのだ。まず心配するのはそこだろう。

サムライ君はエンマスカラドの肩の上でよろよろと自分の耳を指さす。

「呪詛対策を兼ねた耳栓か。さすがに近接戦闘組のセオリーは心得ているか」

と、小さく笑った。任務が終われば笑みも出よう。

しかし、まだ任務は終わっていなかったことをエンマスカラドは知る由もない。


車内で四名はハンティングホラーの末路を目の当たりにして茫然としていた。

「……相変わらず無茶苦茶……」

クリスは眩暈を覚えてダッシュボードに額をあてた。

「ま、まあよかったじゃない。誰も欠けることなくニャルラトホテプの眷属を斃せたなんて人類初の快挙かもだし」

「あれ、なからいさん、さっきはナイアルラトホテップって言ってませんでした？」

「え、そうだっけ。邪神の呼び方なんて人間が完全に再現できないものよ。だからナイアーラトテップだってなんだっていいわよ。クトゥルフだって、クトゥルー、クルウルウ、クトルット、トゥールー、ク・リトル・リトル。全部同じアレを指してるんだから。愛作君が呼びやすいのを選べばいいと思うわ」
「へえ。意外と雑なんだな」

「神様の呼び方なんて人間がわからなくても当然だと思います。だから神様なんですよ」

そう碧が言うと、彼女の言うことはもっともだ、と愛作も頷く。


「え？」

首筋に冷たく鋭い鋼を感じ、碧の顔が、全身が硬直した。

誰も気が付かなかった。碧の席の後ろ、八人乗りのバンの三列目に人知れず招かれざる女が乗っていたことを。


「お前…」

背後から碧のうなじにあてられた肘まで覆われたグローブ、その先端から切れ味鋭い刃と化した爪が飛び出ている。それを軽く横切らせるだけで少女の鮮血が車内を赤く染めるだろう。

碧の席のヘッドレスト越しに覗く顔は薄いベールが覆い、纏ったウエディングドレスの白さと露出した褐色の肌がコントラストをなす。

透けたベールの奥に見える瞳は愛作を見ていると同時に何も見ていなかった。初めて会った時と変わらない。

車内では愛作だけがこの女を知っていた。呉井榊に成りすましていた呉井築とともに『海辺の町』に現れたアメリカの『海辺の町(インスマス)』の女魔術師。

嗜虐(サディズム)の男、滑稽(コメディ)の男の連れ、虚無(ニヒル)の女であった。

「なんでお前がここにいる……」

「召喚には立ち会い人が必要。私は今宵選ばれた」

虚無の女は碧の席のヘッドレストをまっすぐ見たまま答える。

「ミドリさんを放せ。そしたら追わないでやる」

自分では冷静に話したつもりであったが、微(かす)かに声が震えていた。切断された左腕の付け根が熱を帯びる。あの日、この女たちによって遭わされた恐怖が全身を細かく揺すり始めている。

「召喚したハンティングホラーには必ず一人分の魂と肉体を捧げる。召喚の誓約(バウ)は必ず守られなければならない」

誰に向かって言っているのかわからない、独り言に聞こえる虚無の女の声。

「俺たち全員を相手にする気か。俺だってあの日の俺じゃないぞ」

とは言え、碧を躊躇(ためら)うことなく殺害するであろう虚無の女にとって車の中は有利であった。

クリスの銃は狭い空間では危険すぎ、なからいさんもイスマホを手に取ることができない。愛作が左腕を虚無の女に叩き込む前に、碧は頸動脈(けいどうみゃく)をサクリと切られる可能性が高い。車外のエンマスカラドは事態に気づいておらず、サムライ君は戦力外だ。

(ここまで頑張ったのに、詰み、なのか)

「化け物はくたばった。もう生贄はいらないはずだ」

虚無の女は感情が剝落した口調で、

「這い寄る混沌(こんとん)のしもべは人間ごときに斃せはしない」

「その目で確認しろよ。頭潰されて生きてられるはずが……あれ?」

愛作は虚無の女の注意を引こうとして窓外の駐車場を指し示して、目を剝(む)いた。

ハンティングホラーが肉厚の黒い翼を蠢かしてゆっくりと這いずってくるのを。

頭部こそ吐き気を催すくらいにぐちゃぐちゃの肉塊と化しているがそれは生きていた。

虚無の女はヘッドレストを見つめたまま一ミリも視線を動かさずに、

「見てのとおりだ。この娘を捧げれば完全に復活するであろう」

と言うや、なからいさんに運転席側のスライドドアを開けるよう命じた。

ドアが動き、二人が降りるまでの間になんとか事態を打開できないかと考えた愛作だが虚無の女の鋭い爪は碧の華奢(きゃしゃ)な首筋から離れることはなかった。

「今宵のお前たちの不毛なあがき、あの道化がいたら大層喜んだだろう」

道化とは滑稽(コメディ)の男のことであろう。

碧を盾にしたままウエディングドレスの女は駐車場のアスファルトを静々と進む。長い後ろ裾（トレーン）をズルズルと引きずったままで。

　虚無の女に気づいたエンマスカラドはサムライ君を容赦なく放り捨て、その進路に立ちはだかる。

　車を降りた愛作とクリスは、この男は人質がどうなろうが魔術師に襲い掛かるやばい存在だと思い至っていた。

「駄目だ、ストップ！」

　愛作はエンマスカラドに叫んだ。

　エンマスカラドは後方からにじり寄ってくるハンティングホラーと虚無の女に挟まれる形になった。

「捧げられる前に人質の娘を殺せば儀式は完了しない。ハンティングホラーは強い光を浴びると大幅に弱体化する。じきに朝が来れば…滅ぼせる。生贄を捧げられたら、ハンティングホラーは元の次元に退去してしまう。それは許されん」

「…ああやっぱりこうなるの…」

　クリスが天を仰ぐ。

「お前、命を軽く見るのやめろって！」

「人道とかいうものを守ろうとして全滅した探索者たちを数多く見てきた」

　エンマスカラドは体勢を変え、右手のハンティングホラー、左手の虚無の女の双方に意識を向ける。

「捧げよ、我に贄を捧げよ」

「捧げましょう。捧げましょう。女の肉と魂を捧げましょう」

ズゾゾゾゾと細長い巨軀（きょく）が進み、スルスルと生贄を抱きかかえた女が近づく。

「殲滅する」

と、宣言したエンマスカラドの足首がつかまれる。サムライ君が突っ伏したまま何とか片手を伸ばしたのだった。

「邪魔すんなっス…愛作君の邪魔をすんなっス…」

「愛作？」

エンマスカラドと愛作の目が合う。愛作のまっすぐな視線にはエンマスカラドの行動を躊躇（ちゅうちょ）させる強い意志があった。

サムライ君は見ていた。地べたに這いつくばっていた彼だから見えるもの。

虚無の女のウエディングドレスの後ろ裾（トレーン）を高速で這い上がる虹色に光る黒い小さな塊は愛作が放った左腕（ショゴス）の一部分であった。

それは虚無の女が気づくより早く彼女が碧の首に突きつけた鋭い爪に巻き付く。

虚無の女は思い切り手を横に引いて碧の頸動脈を掻（か）き切ろうとした……が黒い塊に包まれた手にはもはや殺傷能力はなかった。その隙をついて碧は虚無の女の腕から脱け出す。

すでに駆け寄っていた愛作は右腕でしっかりと碧を抱き留める。

にじり寄るハンティングホラーと愛作の間には虚無の女が立っていた。

やることは決まっていた。

愛作の心臓が激しく高鳴り、左腕の付け根、つまりショゴスとの接合部分に染みついたグレート・オールド・ワンの血がぬらりと蛍光グリーンの光を発する。

愛作の左腕が大きく震えて膨らむとマウンテンパーカーの生地が裂け、中から覗くのは虹色に光る黒い粘土状に変じた腕であった。

ショゴスが愛作の感情の昂ぶりを感じ取り、本来のパワーを行使する時がきた。

「てけりるぞ」

愛作は左腕を大きく振りかぶった。

「贄を捧げよ。我に贄を」

ハンティングホラーはその間もこちらへにじり寄る。

虚無の女がこちらを振り向く。最後まで表情も感情もないままだった。

「そんなに欲しけりゃ捧げてやらあ！　喰らってすぐ帰りやがれ！」


テ・ケ・リ・リ！

渾身（こんしん）の一撃は虚無の女を殴り飛ばし、ハンティングホラーの黒い口腔がそれを受け取り、一息に呑み込んだ。ウエディングドレスの長い後ろ裾（トレーン）が白い舌のようにはみ出ていた。

「贄は受け取った。召喚の誓約（バウ）は果たされた」

ハンティングホラーは宣言する。同時に、破砕した頭部が録画データを巻き戻したかのように再生され、黒い肉の翼の穴は塞（ふさ）がる。

「げ…復活した…」

クリスは再び銃を構える。旧き印を彫り込んだ弾丸には限りがある。

（……弾丸が致命傷にならない肉体組成だから完全に分が悪いわね）

サムライ君はもう立てない。

「やばっ。皆逃げるわよ！」

下車してきたなからいさんがサムライ君に駆け寄り、両手をつかんで引っ張り始める。

ダークカラーのタイトスカートのスーツにパンプス姿のなからいさんがカタギ感薄いジャージを着た金髪の兄ちゃん（サムライ君）を引きずっていく絵面は非日常の邪神事件の最中にあっても更に非日常感が高い。

「自分、ここで殉職するっス。っていうか顔が地面にこすれて痛いっス」

「ちょっと愛作君手伝って！」

愛作はなからいさんの声を無視した。この状況で復活した邪神の眷属とまともに戦えるのはエンマスカラドと自分だけだ。

「一度は我を地に這いつくばらせたこの星の生命体どもに、我の内部で未来永劫消化され続ける栄誉を授けよう」

ハンティングホラーは触手と髭を鞭のようにしならせると、削られたアスファルトが高速で辺りに飛散する。人体に直撃したらただでは済まない。

ハンティングホラーは負傷して動けなくなった『イス研究所』エージェントたちに恐怖を感じる時間をたっぷり与えつつ、ひとりひとりを飲み込むだろう。

愛作は傍らの碧の前に、盾に変えた左腕をかざす。

アスファルトの破片がドスッドスッと盾に食い込む衝撃に愛作は耐える。

「ミドリさん！」

硬直して立ち尽くしていた碧は蒼ざめた顔をして、

「あ、ありがとうございます…」

と言い、へたり込む。被弾はしなかったようだ。次の攻撃が来る前に動かなくてはいけない。

「エンマスカラド、どうす…」

振り返った愛作の目に映ったのは、数箇所に被弾して膝をつく最強のエージェントの姿だった。

彼の動体視力とスピードがあれば、アスファルトの破片をかわしながらハンティングホラーに接近することもできた。

彼がその場を動くことで、その背後にいたなからいさんとサムライ君が直撃を受けることを厭わなければ、であるが。

「エンマスカラド…」

なからいさんは震え声を出しながらもサムライ君を引きずることをやめない。そこで立ち止まることは自身を盾にした覆面の男の行為を無駄にすることだとわかっているからだ。

離れていたために被弾しなかったクリスがエンマスカラドに駆け寄ろうとする。

それを足音で察知したエンマスカラドは、

「俺はいい。なからいを手伝え」

と厳命した。

「あんただって負傷者でしょっ！　ボクが援護するから退がれよ！」

クリスは今まで見せたことのない激しい感情を露わに反論する。

「そんなに喚くと貧血で倒れるぞ。俺はこの程度では…」

エンマスカラドはゆっくりと立ち上がりかけてまた膝をつく。血だまりが彼の足元に生じている。

「肩貸す！」

「なからいを手伝い、サムライを守ることが最適解だ。命令に従わないと殺す」

ゾッとするような声が俯いた覆面から聞こえる。

「クリス、従え。俺がエンマスカラドを守る」

碧を背後にして左腕の盾でカバーした愛作がエンマスカラドの隣へ到着する。

「サムライを運んだらすぐ戻るから持ち堪えなさいよ、愛作」

「かしこまりです、先輩」

その時第二弾の破片弾が盾に着弾する。二回連続で受け止めることに成功したが、愛作の左腕以外の部分がその衝撃にダメージを蓄積し始めている。

「愛作さん、私がこの方を運びます。防御をお願いします」

碧がエンマスカラドの両脇に腕をまわそうとする。

「んー、ミドリさんの決意は嬉しい。でもあいつが本気になっちゃったみたい」

愛作が言うように、ハンティングホラーは肉厚の水掻きめいた黒い翼を動かし、浮上しつつあった。『イス研究所』側の戦力が激減した今、ちまちまとアスファルト弾を撃つより上空から飛来した方が早いと判断したのである。

「エンマス、マジで動けん?」

「略すな、愚か者が」

エンマスカラドは続けて愛作の耳に囁く。

「わざわざやつが来てくれるんだ。歓迎してやるだけだ。降下攻撃が来たら俺がルチャ・リブレの神髄をあいつに堪能させてやる。愛作、お前はダメ押しでぶちかます。いいな？」

「大丈夫なの、それ」

「お前の猪突猛進（ちょとつもうしん）のパンチより成功率は高い」

「かっこつけやがって」

「来るぞ」

翼をはためかせてハンティングホラーが上空より迫る。その大きな黒い口腔が開く。

「あっ」

直径二メートル近い口腔の中に立っているのは虚無の女であった。ウエディングドレスの後ろ裾（トレーン）が口の外に垂れていたのは、女が呑み込まれはしたが喉から食道に送られてはいなかったことを意味していたのだ。

虚無の女は白い後ろ裾（トレーン）を意志あるもののようにひらめかせる。するとそれは碧の腰に巻き付きグイッと引っ張り上げた。

「きゃっ」

愛作の隣から碧が垂直に飛びスペースが空く。

横から見ている者がいたとすれば、ハンティングホラーがカメレオンのように高速で伸ばした舌で獲物を巻き取り、瞬時に口に運んだと証言するだろう。

「ミドリさんっ」

想定外の事態にルチャ・リブレの奥義を放つタイミングを逸したエンマスカラドを置いて、愛作は左腕を懸命に伸ばして白い布をつかんで碧とともに虚無の女が待つ化け物の口腔へ飛び込んでいく。ハンティングホラーはV字を描くように上昇に転じた。

「やめろ。お前まで喰われるぞ」

地上から発せられた声に愛作は言い返す。

「ミドリさんはあんたを見捨てなかった。俺もミドリさんを見捨てない！」

直後、愛作と碧はハンティングホラーの口腔に放り込まれ、背後の口が閉じた。


光無き口腔内は三畳間くらいの広さがあるが三人いると窮屈である。

「ミドリさん、大丈夫？」

腰に巻き付いた後ろ裾(トレーン)を左腕が破って碧を解放する。

「大丈夫です。私、愛作さんまで巻き込んでしまいました」

イスマホのライト機能をオンにして碧に持たせる。

「ミドリさんをお母さんに会わせる。それが俺の今宵のミッションだ」

車に退避した時に、なからいさんから送られたデータによれば、シャッガイからの蟲(むし)に操られて愛作とサムライ君を公園で襲撃した曽似屋青子(あおこ)は事件後に精神操作を解除され、現在は『イス研究所』の息のかかった病院でセラピストから治療を受けているそうだ。精神操作は治癒したが、夫の曽似屋大門が殉職したことのショックは癒えていない。そして、拉致された娘の碧のことを深く心配しているとのことであった。

もちろんこのことは同じ車内にいた碧にはまだ共有されていない。

「ハンティングホラーに呑まれたらそれは不可能だ」

虚無の女は告げる。

「余計なことしてくれやがって」

愛作は再び左腕を女に叩き込む体勢をとる。

「あ、愛作さん…」

イスマホのライトを虚無の女に向けた碧の声が強張っている。

照らされた虚無の女のウエディングドレスは鮮血で真っ赤なドレスに変じていた。

すでに愛作によって、てけりられた時に重傷を負っていたのだ。

「最期のドレスアップ、美しいだろう…」

それが限界だった。虚無の女は口からも吐血し、褐色の胸元も血に染めてくずおれた。

だらんと垂れた頭はハンティングホラーの喉の奥へ滑り落ちていった。

「命賭けて邪神に奉公してこの最期かよ。そんなの…なんかひどいじゃないか…ひどいよ」

憎むべき敵のひとりであったが、愛作の心は少しも晴れることはなかった。

左腕が震える。

「そ、そうだな。感傷に浸っている時間なんてなかった。とにかくここを出なきゃ」

「愛作さん……」

碧が申し訳なさそうに俯く。自分は助けてもらってばかりだと表情が物語っている。

「ミドリさんもこんな目に遭ってめっちゃきついと思うけど、ご家族もきっとつらいんだ。すごく心配して待っている。俺と左腕(こいつ)は行き場がなくていらない子扱いされた者同士でね。だから、俺たちみたいなのがこれ以上増えないように、みんなの帰れる場所は守りたいんだ」

テケリリ！

と左腕が鳴く。同意しているらしい。

「俺は俺で生き別れになった葉月って妹を捜しててさ。葉月の帰る場所は俺しかいないんだ。妹捜しを邪魔するやつは邪神だろうが何だろうがぶん殴ってどかせてやる」

そして愛作は気づいた。碧の救出は当初ビジネスライクに進めていたものが、知らず知らずのうちに、碧に葉月を重ねて見ていたのかもしれないと。

邪神の都合なんかで家族がバラバラになっちゃいけない。それがこの邪神界隈(かいわい)において超甘っちょろい考えだとしても愛作はそのために拳を振るうのだ。

碧が顔をあげていた。愛作の目をまっすぐ見て言う。

「私も妹さんを捜します。高校生にできることなんてたかがしれているのはわかっていますがお手伝いさせてください」

「ありがとね」

碧はおっちゃんに習ってなくても、まっすぐに目線を前に、ができる少女だ。

「おし、もう一回てけりるぞ」

左腕が愛作と呼吸を合わせる。

肩の付け根から蛍光グリーンの光がとろりと溢(あふ)れていく。

狙いは口腔の底部。上部に穴を空けて出ると髭や触手と戦う羽目になりそうなので何もない下を一気にぶち抜く。


テ・ケ・リ・リ！


「…あれは…」

なからいさんと協力してエンマスカラドを退避させていたクリスが上空のハンティングホラーの異変に指をさす。

大きな打突音とともに怪物の下顎が中から爆(は)ぜて黒いエーテルのような細胞が飛び散った。

直後、そこから抱き合った一組の影が降下する。

三十メートル近い高さから落ちれば即死だが、近隣のビルの屋上にうまくダイブできたため、降下距離はその半分くらいで済んだようだ。もっとも彼の左腕があれば問題ないことをクリスもなからいさんもすでに知っている。

そして、骨にひびを入れたアスファルト片を左足首から取り出したエンマスカラドは、

「あいつ。凡人のままでやり遂げやがって」

と同僚たちに聞き取られないよう呟くのであった。


「ようやく棲みかに戻ってくれたようっスね」

体力が戻ったサムライ君は明け方の空を見上げて言った。

愛作のてけりりな一撃で下顎を吹き飛ばされたハンティングホラーは声をあげることができないまま、オフィス街の上空をうねくりまわった挙句、空気に溶け込むかのように消失していった。

光が苦手というデータがあり、どのみちそろそろ本格的にのぼり始める太陽との出会いは避けて退去したのかもしれないが、それを待つルート選択は全滅エンド確定であったのだからこれでよい。

「ニャルのペットを撃退したなんて、各国の対邪神組織に自慢しまくれる戦果よ。やるじゃない『イス研究所』」

ホホホと口に手を当てて笑うなからいさんを見て愛作は、

(なからいさん、絶対に近づきませんって言ってたよな……。まあ、これくらい大雑把じゃな

いと邪神退治なんて神経がもたないかも）

　と彼女の残念な部分をポジティブに受け止めた。

「愛作君はすごい活躍したっスね」

　エンマスカラドに肩を貸してサムライ君がサムズアップで称(たた)える。

「…あんた、新人探索者(ビギナー)なら置かれた状況にもっとガクブルしなさいよ…」

　ダウナーに戻ったクリスはふああと欠伸をした。黒ぶち眼鏡の片方のレンズにひびが入っている。帰りの車中、爆睡確定だ。

「俺が怖がってたら、ミドリさんが不安になると思ったんで」

　碧は緊張が解けたのか、少し涙目になって自分の両手で自分を抱く。

「愛作さん、ありがとうございます。皆さんも助けてくださってありがとうございます。私のために皆さんに大変なご迷惑をおかけしました」

　深く頭を下げる。

「お母さんに会ったら『ただいま』って言ってあげてね」

「おお、愛作君、なんかヒーローっぽいわ！　そう、私の教え子は邪を断つ剣！」

　なからいさんは少し白み始めた東の空に向かって胸を張る。

　クリスが不安そうに、

「…それってなんとかベイン？…巨大ロボ召喚しそうだけどそんなこと言って大丈夫かしら

「……ボク知らない」

と、呟く。サムライ君は小さくため息をつき、小声で言う。

「何かわからんことを言ってるっスね。正気度チェックするっスか？」

足を軽く引きずりながらエンマスカラドが愛作に話しかける。

「俺が思っていたよりも早く一人前の戦力になれたようだ」

「あんたでも褒めること、あるんだな」

「褒めたつもりはない。お前はいけにえまつりの夜、『海辺の町』に置いてきたいくつかの後悔を消すために戦うんだろう？　それなら今回のミッションクリアくらいできて当然だ」

（素直じゃないなあ、この人）

と、思った愛作の背中に、

「あの町の邪神どもを斃せなかった後悔を俺も持ってる。だから、いずれお前と一緒に行ってやる」

の言葉がかけられたのは驚きだった。

「後悔じゃないさ。俺が喪った家族、おっちゃん、片腕……。自分が非力で守れなかったものに助けられて今の俺があるって思うんだ」

視界の隅に今日守り切った少女を映しながら、左腕を突き上げる。

「だから今度は俺がひとのために助ける番だ」

自分に向かって少女が微笑む。愛作は一夜の冒険の報酬を受け取った。

「邪神退治24時これにて完了。これからも邪神殴ります」

テケリリ、と左腕が応じた。

Appendix Character

呉井家

築（きずき）

魔術師の家系・呉井家の現当主。『神さま』を召喚することができ、海辺の町の頂点に君臨する。

親子

榊（さかき）

呉井家の跡取り。愛作の先輩。海辺の町の因習を変えようと志し、更なる魔術を学ぶために留学しようとする。

敵対

海辺の町の関係者

愛作（あいさく）

海辺の町の在り方に疑問を持ちつつも諦めていた少年。おっちゃんと出会い、考え方が変わる。

兄妹

葉月（はづき）

愛作の妹。海辺の町の悪しき慣習により、『神さま』への生贄として狙われている……？

おっちゃん

呉井家へ生活物資の運送を頼まれている業者。卑屈になっていた愛作へ親身になって助言した。

邪神復活の同志

保護対象

碧（みどり）

邪神奉仕種族に殺された曽似屋警視正の娘。邪神への生贄候補として拉致され、愛作が救出に向かう。

邪神退治の仲間

銀の黄昏錬金術会

嗜虐（サディズム）

魔術師。獲物を弄ぶことに喜びを感じるノコギリ歯の男。転移魔術の使い手で、狙われれば逃げ切るのは困難。

虚無（ニヒル）

魔術師。すべてに価値を見出さない褐色の肌の女。ウエディングドレスを纏い、いつも心ここにあらずの態度を貫く。

滑稽（コメディ）

魔術師。笑いの衝動が抑えられずに締まりのない顔をした美しい男。魔術武器である傘を自在に操る。

イス研究所

エンマスカラド

プロレスマスクを被った男。対邪神格闘技ルチャ・リブレで数多の邪神眷属を葬ってきた。

なからいさん

自称"二十四歳と三百六十四日を最後に時間が凍結された"美女。邪神に関する古文書を研究。

クリス

ダウナー少女。軍人の家系出身で銃器戦闘のプロフェッショナル。銃がないと凡人以下のポンコツ。

サムライ君

幼少期の記憶が欠落した青年。剣の達人。スポーツチャンバラで使われるエアーソフト剣で敵を両断する。

Appendix Keyword

邪神
人類に災厄をもたらす神々の総称。地球や宇宙などに実在し、人々を狂気に陥れる。「旧支配者」と「外なる神」という二つの系譜がある。

旧支配者(グレート・オールド・ワン)
人類が誕生する以前、地球を支配していた邪神。地球で生まれたものや宇宙からやってきたものなど出自は様々。その多くは封印されている。

外なる神(アウターゴッズ)
物理法則を無視して存在する人類の理解を超えた邪神。実体を持つ旧支配者と異なり、意思を持つエネルギーのような存在のため、ただの人には触れることすら叶わない。

邪神奉仕種族
邪神を崇拝する種族。目的は種族により異なるが、多くは邪神の封印を解くために儀式を執り行い、見返りに邪神の庇護や力を得ようとする。

正気度
人間の精神の健全性を示す尺度となる値。邪神の存在が引き起こす異常事態の最中で恐怖を感じると減少していき、最後には狂気に陥り、正常な判断ができなくなる。

クトゥルフの落とし子
旧支配者であるクトゥルフの眷属と目される存在。巨大な蛸のような姿をしており、眷属といえども神の如き力を誇る。

ナイアルラトホテップ
外なる神の一角で「這い寄る混沌」の異名で知られている。人類を狂気の世界へ導くという危険な邪神。

深き者(ディープワン)
水辺や深海に棲む半魚人のような邪神奉仕種族。生まれたときは普通の人間の姿だが、成長するにつれて異形化する。

ショゴス
スライムのような粘液状の邪神奉仕種族。何でも体内に取り込んで消化してしまう。人類よりも高度な知性を持つという。

チョー＝チョー人
アジアの奥地から世界中に進出した邪神奉仕種族。体軀は小柄だが、高い戦闘力と残虐性を持つ恐ろしい民族。

シャッガイからの蟲
三つの口を持ち、生理的嫌悪を引き起こす昆虫のような邪神奉仕種族。念動力、精神攻撃、催眠で人を混沌に陥れる。

狩り立てる恐怖(ハンティングホラー)
ナイアルラトホテップの奉仕種族。空を自在に飛び回り、狙った獲物を追い続ける。弱点は強い光。

ゴル＝ゴロス
ハンガリーで「黒い石の神」とも呼ばれる旧支配者。ヒキガエルに似た巨大な怪物。

ミ＝ゴ
菌類に近い宇宙生物。他の邪神奉仕種族とは異なり、邪神とは一定の距離を取っている。

遺された手記

この度は『邪神退治24時』をお読み頂き、ありがとうございます。毒島伊豆守です。

本作は米国の作家H・P・ラヴクラフトの作品と彼に影響された多くの創作家により約一世紀にわたり紡がれてきたクトゥルフ神話という大樹から伸びた枝葉の一葉です。

クトゥルフ神話と聞けば「親の代から邪神を崇拝してる」「ネット動画で楽しんでるよ」「FGOやウルトラマンで見て興味わいた」「毎週TRPGの卓まわしてるぜ」「聞いたことがあるけどよくわからない」「いあいあ」と様々な反応があるでしょう。

本書はクトゥルフ神話の知識や正気度の残量にかかわらず、誰にでもお気軽に手に取っていただけるように執筆しました。この手記から読んだ方、安心してお買い求め下さい。

私は自分の中のトンチキな妄想を文章にするのが好きで、投稿サイト『カクヨム』オープン初日から『仮面の夜鷹の邪神事件簿』というクトゥルフ小説を投稿していました。これに目を留めた編集界のレジェンド吉田隆さんから召喚され、「クトゥルフ神話TRPG日本語版二十周年の来年（2024）に向けてドラマのあるクトゥルフを書こうや。ただのホラーではなく、主人公がどん底から上がっていく姿を完全新作で見せてくれ」と都内某所のオサレカフェでお声がけいただいたことがこの新しい神話のプロローグでした。

それから吉田さん、いや師匠のもとで徹底的に鍛えられました。師匠は国内TRPG草創期に和製ファンタジーの潮流を盛り上げてきた達人。一方の私は作家実績ゼロの雑魚キャラ。自分がいかにぼんくらな執筆をしてきたか、エグいくらいに思い知らされました。

物語は愛作という少年の視点で進みます。彼は異常な社会で生まれ育ち、冒瀆的な祭祀により多くのものを喪いますがクセ強めの仲間と出会い、忌まわしい夜を乗り越えていきます。愛作の名状し難い冒険は続きます。彼と相棒の奇妙な腕は行く手を阻む怪物や魔術師、理不尽な運命を払いのけていくはずです。本作で登場した敵味方のキャラクター達も味濃いめな活躍を見せてくれるに違いありません。それを阻む者がいるとすればそれは大いなるクトゥルフではなく、打ち切りという名の最強の邪神です。じょ、上等だよ（怖）。

最後になりますが、出版に至るまで、ご助力頂いた全ての方々に深く御礼申し上げます。

不肖の弟子を忍耐強く鍛えて下さった吉田隆師匠。

心強いバックアップを構築していただいた仕事出来過ぎ早過ぎ、編集の吉田翔平様。

細やかに的確に、私の膨大なミスを指摘していただいた校閲の皆様。

クトゥルフＴＲＰＧ小説を書くにあたり、許諾していただいた株式会社アークライト様。

素敵な推薦文を寄せていただいたＴＲＰＧ配信でお馴染みのディズム様。

ご多忙の中、最高最ヤバの挿画を描いていただいた画神、田島昭宇先生。マジ神。

そして、本作を手に取りお読みいただいた皆様。カクヨムで応援してくれた皆様。

本当にありがとうございました。またお会いできることを這い寄る混沌に祈ります。

カクヨムでもお待ちしてます　毒島伊豆守

協力／アークライト
担当編集／吉田隆
装丁／吉田健人（bank to LLC.）

著 **毒島伊豆守**（ぶすじまいずのかみ）

東京都出身。ミスカトニック大学卒業（学歴詐称）。

クトゥルフ神話好きが高じて本作デビュー。特撮、歴史、ロボ、プロレスオタという濃厚な多面体。クトゥルフならコズミックホラーもトンチキネタもすべておいしく味わうタイプ。正気度は残りわずか。

カクヨムネクストにて『クトゥルフ・ブラッド伝』連載のほか、カクヨムで『仮面の夜鷹の邪神事件簿』、『蓬莱のシーフー』などを連載中。

画 **田島昭宇**（たじましょうう）

漫画家。代表作は『魍魎戦記MADARA』シリーズや『多重人格探偵サイコ』（ともに原作は大塚英志）。ゲーム『ガレリアンズ』やアニメ『怪童丸』『お伽草子』『キル・ビル』（アニメパート）のキャラクターデザインも手掛け、小説の装画作品も多数。近年ではスマートフォン向けアプリゲーム『Fate/Grand Order』にキャラクターデザインを提供し、人気を博している。

現在『【愛蔵版】多重人格探偵サイコ COLLECTION BOX』Vol.1 ～ 4が発売中。

PUBLISHED BY KADOKAWA CORPORATION

本書は、カクヨムネクストに掲載された
「邪神退治24時 クトゥルフ・ブラッド伝」を加筆修正したものです。

邪神退治24時　クトゥルフ・ブラッド伝

2024年7月30日　初版発行

著／毒島伊豆守

画／田島昭宇

発行者／山下直久

発行／株式会社KADOKAWA
〒102-8177　東京都千代田区富士見2-13-3
電話 0570-002-301（ナビダイヤル）

印刷所／株式会社KADOKAWA

製本所／株式会社KADOKAWA

●お問い合わせ
https://www.kadokawa.co.jp/（「お問い合わせ」へお進みください）
※内容によっては、お答えできない場合があります。
※サポートは日本国内のみとさせていただきます。
※Japanese text only

定価はカバーに表示してあります。

ISBN 978-4-04-737991-6　C0093

◆◇◇